The Essays of Bacon

培根随笔集

[英] 弗兰西斯·培根　著

孔春艳　译

百花洲文艺出版社

图书在版编目(CIP)数据

培根随笔集 /(英) 弗兰西斯 · 培根著 ; 孔春艳译
. —南昌 : 百花洲文艺出版社, 2018.2
ISBN 978－7－5500－2658－2

Ⅰ. ①培… Ⅱ. ①弗… ②孔… Ⅲ. ①随笔－作品集
－英国－中世纪 Ⅳ. ①I561.63

中国版本图书馆 CIP 数据核字(2018)第 019608 号

培根随笔集

[英]弗兰西斯 · 培根 著　孔春艳 译

出 版 人　姚雪雪
出 品 人　杨建峰
责任编辑　刘　云
美术编辑　松　雪　王　进
制　　作　王　进
出版发行　百花洲文艺出版社
社　　址　南昌市红谷滩世贸路 898 号博能中心 A 座 20 楼
邮　　编　330038
经　　销　全国新华书店
印　　刷　河北鹏润印刷有限公司
开　　本　880mm×1230mm　1/32　印张　6.5
版　　次　2018 年 2 月第 1 版第 1 次印刷
字　　数　137 千字
书　　号　ISBN 978－7－5500－2658－2
定　　价　28.00 元

赣版权登字 05－2018－40

邮购联系　0791－86895108
网　　址　http://www.bhzwy.com

前言

弗兰西斯·培根（1561—1626年），第一代圣·阿尔本子爵，英国文艺复兴时期散文家、哲学家。英国唯物主义哲学家，实验科学的创始人，是近代归纳法的创始人，又是给科学研究程序进行逻辑组织化的先驱。主要著作有《新工具》《论科学的增进》以及《学术的伟大复兴》等。

培根1561年1月22日出生于伦敦一个新贵族家庭，12岁入剑桥大学，后担任女王特别法律顾问以及朝廷的首席检察官、掌玺大臣等。晚年，受宫廷阴谋逐出宫廷，脱离政治生涯，专心从事学术研究和著述活动，写成了一批在近代文学思想史上具有重大影响的著作。

另外，他以哲学家的眼光，思考了广泛的人生问题，写出了许多形式短小、风格活泼的随笔小品，即《培根随笔集》。随笔主要是收录了一些议论性质的短文，涉及政治、经济、宗教、爱情、婚姻、友谊、艺术、教育、伦理等方方面面，文章从各种角度论述了他对人与社会、人与自己、人与自然的关系的许多独到而精辟的见解，语言简洁，文笔优美，说理透彻，警句迭出，蕴含着培根的思想精华，使许许多多人从中获得熏陶和指导。

美国作家房龙曾评价说：“弗兰西斯·培根的随笔给人们提供了一种尘世中的智慧，它让人们变得充满理性并世事洞明。”

1626年3月底，培根由于身体孱弱，在实验中遭受风寒，支气管炎复发，病情恶化。1626年4月9日清晨病逝。

培根思想成熟，言论深邃，阅历丰富，著名论断 “知识就是力量”就是他提出的。《培根随笔集》作为他的代表性作品，历经四百年而不朽，体现了作者对人世生活的透彻理解，给诸多后人及学者以人生启示。作者用其敏锐的洞察力和对人生独到的见解把原本枯燥的理论写得生动有趣，使读者读起来觉得引人入胜。

2018年2月

目 录

论真理

“真理究竟是什么？”彼拉多曾经这样略带玩笑地问道[①]，然而他并没指望得到任何答案。无疑，世上喜欢轻率随意的人很多，他们认为坚守信念就等于戴上一种枷锁，所以要去追求思想和行动上的自由自在。此类学派[②]的哲学家们早已成了过去，但仍残存了一批文人墨客，喜欢夸夸其谈，沿袭了他们祖先的风格，却失去了其先辈的活力。

世人喜欢谎言，不是因为发现真理的过程艰辛，也同样不是因为一旦掌握真理，人的思想就会受到约束，而是因为谎言更能迎合人类的一些劣根性。针对此问题，希腊晚期哲学学派中曾经有人[③]做过研究，其实，谎言并不能给人带来像诗人从诗中享受到的那种乐趣，也不能获取像商人经商那样得到的利益。但我不敢妄自下结论。真理就像毫无遮掩的白昼，使一切在烛光下半明半暗、半严肃半轻松的假面舞会、哑剧、庆典不复存在。也许，可以把真理比作无瑕的珍珠，只有在日光之下方显其夺目的光彩；却不能像钻石或红玉那样在不同光照下璀璨耀眼。寓伪于真

---

①见《新约·约翰福音》第十八章第三十七、三十八节。

②指古希腊怀疑论诸学派。

③希腊讽刺作家卢奇安曾在其《爱假论》中抨击怀疑论者。

的虚虚实实总是令人十分愉悦。

人们心中存在的那些自以为是的妄想、期望、误解和幻觉等等，一旦遭到清除，很多人的内心世界，将会塞满可怜、无聊的东西，充满忧郁和疾病，难道还会有人怀疑此论断吗?

曾经有一位天主教会的神父严厉地指责诗歌是“魔鬼的酒”[①]，因为诗歌占据了人们想象的空间，而且诗歌只不过是一个谎言的影像而已。正如上文所述，那些一闪而过的谎言尽管是不具有杀伤力的，而那些根深蒂固地盘踞在人心中的谎言危害却很大。然而，不管这些事情在世人失去判断能力时起任何作用，真理只有依靠真理自己去评判，因为它是人性中至高无上的美德，引导人们探寻真理，理解真理和相信真理。探寻真理就是要对真理充满渴望并炽热地去追求它，理解真理就是要和它如影随形，相信真理就是要享受它带来的乐趣。

上帝在创造万物时，把感觉之光排在了第一位，而把理智之光放到了其后[②]，从那时开始到现在，上帝创造之后留下被称之为她圣灵的光照。她首先让混沌而黑暗的虚空中呈现光亮，然后在人的脸颊上洒上灵光，并且赋予灵光生命力。

有一个哲学派别虽然没有突出的成就，却产生了一位令其生色增辉的诗人[③]，他曾经说过一句极为精辟的话：“站在岸边静静地远望着船舶颠簸于海上是一件快乐的事情；站在城堡围墙的

①圣哲罗姆（St．Jerome，347—420）曾曰“诗乃魔鬼之佳肴”，圣奥古斯丁（St．Augustine，354—430）则言“诗乃谬误之琼浆”。

②见《旧约·创世纪》第一章三节及第二章七节。

③古罗马诗人及哲学家卢克莱修。

窗前俯视下面的厮杀和险恶也是一件快乐的事情；但是站在真理的巅峰上（凌驾于最高峰上，拥有永远清新的空气和静谧的所在），目睹山下峡谷中各式各样的谬误、彷徨、阴霾和风雨，那才是无与伦比的真正快乐的事情。”在这样的境界上，人们一定总能抱有恻隐之心，不骄不傲的。毋庸置疑，一个人心中如若能以仁爱为动机，以天意为依归，以真理为轴心而不停地运转，那他生在人间真的也如天堂一般幸福。

从以上神学和哲学上的真理，说到世俗中的真理，连那些在生活上背道而驰的人也不得不承认，正直坦白才能凸显人性之光华与荣美，虚伪行骗就好像是在金银制币中掺杂了合金，虽然使用起来或许更方便，却降低了其成色与纯净。因为这些迂回蜿蜒的方法乃是蛇行的方法，只能依靠腹部，而并非脚踏实地的作为。

作弊和欺诈一旦被揭发出来，是最令人蒙受羞耻的事，所以，蒙田在研究弄虚作假为什么令人感到如此可羞、可耻和可恨之时，极其巧妙地做了以下解释：“在仔细研究之后便可以发现，人在撒谎的时候无异于是怕人而不怕神；原来撒谎是面朝着神灵而无颜面对世人的。”[①]因此虚伪和背信弃义，将成为敦促上帝对人类施行最后宣判的钟声，其邪恶的地方都是难以言尽的。曾经有预言说：“当基督再来时，他将在世上再也无法遇到信德。”[②]

①《蒙田随笔》卷二第十八篇《论说谎》。

②《新约·路加福音》第十八章八节。

论死亡

面对死亡，大人们的恐惧犹似小孩子害怕独自在黑暗之中行走。各种各样的有关妖魔鬼怪的故事增添了孩子们与生俱来的恐惧，但对死亡的渲染则加剧了大人们的恐惧。

诚然，与其如此的惧怕死亡，倒不如以一种宗教的虔诚冷静地看待死亡——将其视之为人生无法避免的归宿和对尘世罪孽的一种偿还。

只是，那种以宗教的方式展开的关于死亡的思考中，往往掺杂着虚妄与迷信的成分。某些修道士在自诫书中写道，当人自己试想一根手指受到酷刑摧残时的痛楚时，便可以预见到死亡之时全身溃烂的痛苦。其实，人体的最致命部位未必是最敏感的部位，死亡也未必比一指受刑更为痛苦。

所以，塞内加（古罗马哲学家、作家、道德哲学家），他作为一个没有受到世俗宗教哲学影响的哲人曾经说过："与死俱来的一切，比死亡本身更为可怕。"[①]叹息和呻吟，痉挛和抽搐，惨白的面容，亲友的哭泣，黑色的丧服，沉闷的葬礼，所有的这些都使死亡显得异常恐怖。

---

①见塞内加所著《道德书简》第二十四篇。

有一点值得注意，人内心脆弱的情感未必不能与死亡的恐怖相抗衡，进而战胜这种对死亡的恐惧。人性具有很多与死亡抗衡的因素，死亡也就不再那样令人畏惧。复仇的欲望压倒死亡，爱恋的情感蔑视死亡，尊贵的荣誉献身死亡，极度的悲伤趋向死亡，畏惧的心灵期待死亡。

史书中记载，奥托大帝自杀后[①]，他的臣仆纷纷步其后尘，追随他而去，他们的死纯粹是出于对主人无限的忠诚和爱戴。

此外，塞内加也指出两个寻死原因：苛求和厌烦。他说：如果一个人老是重复同样的事情，不管是勇敢的人还是贫贱的人，都会厌倦得想一死了之。[②]即便你不是勇者，也不是穷途末路之人，如果反复做同样的事也会心生厌倦，感觉到生不如死。

不过要指出一点，意志坚强的人面对死亡时是非常平静与从容自若的。比如，奥古斯都大帝在弥留之际还向皇后问候告别："别了，利维娅，我走了，希望你永远记住我们的婚姻生活。"韦斯巴芗在垂死之际依然坐在凳子上谈笑如常："哦，飘飘欲仙。"加尔巴在大难临头之时非常从容地说："砍吧，只要对罗马人民有利。"言罢便慷慨地引颈就戮。[③]塞瓦鲁斯更是视死如归，他曾说："要杀便杀，如果没别的事。"[④]这样的事例真是

①参见塔西佗《历史》第二卷第四十九章。

②见塞内加所著《道德书简》第七十七篇。

③苏维托尼乌斯《罗马十二帝王传》。

④迪奥·卡西乌斯《罗马史》第六十七章。

不胜枚举。毋庸置疑，斯多葛派的人把死亡的代价看得太严重，以致他们为死亡所做的准备过于隆重，从而就使死亡显得更加可怕。曾经有人讲得好："死亡乃自然之一大恩惠。"也就是，死如同生一样，乃自然之事。对婴儿而言，生之痛楚不一定亚于死之苦恼。

当人们在热切的追求中死亡的时候，就如同一个人在热血沸腾时受的伤一样，当时是感觉不到伤痛的。所以，一旦决心已定，执意向善时，是感觉不到死亡的可怕的。①但最为重要的是，要相信世间有最幸福最甜美的挽歌，就如同一个人在获得了有意义的结果和期待时所说的那样："万能的主啊，您现在可以遵照您的意愿，释放您的仆人安然去世了。"

同样，死亡还有另一种功能，它能够消除尘世的种种纷扰并开启赞美和名誉的大门——活着时遭到别人嫉妒的人，死后将会受到人们的爱戴和思念。②

①见中世纪意大利诗人阿里奥斯托长篇传奇诗《疯狂的罗兰》。

②见贺拉斯《书札》第二卷一首十四行。

论报复

报复其实是一种野蛮无理的公道，人性越是倾向于这个方面，那么法律就越是应该将它进行清除。因为，当某一件罪行已经发生时，它只不过是触犯了相应的法律，但是如果对这个罪行再实施报复，就是僭越了相应的法律。

实际上，当人们对某件事情进行报复的时候，他已经成为和他的敌人一样坏的人了。而原谅的行为却能使他在道德上高人一筹，因为宽恕自己的敌人乃是君子之宽宏大量的风范。正如所罗门曾经讲过："宽恕别人的过错便是自己的功绩。"[①]过去的事情已经过去，时光是不可挽回的。如果是明智的人，他们不会再为过去的事情枉费心机和力气，现在和将来所要面对的事情已经足够他忙了。

没有哪一个人会为了作恶而不停作恶，作恶只不过是让自己得到利益、快乐或荣誉等一些东西。因此，如果有人爱他自己而胜过爱我，我何必要怨恨呢？即便有人真在作恶，那也是因为他自己生性就很邪恶，那只不过是像荆棘罢了。荆棘除了刺人和伤

①《旧约·箴言》第十九章十一节。

害人，它们真的没有其他的事情可以做。

但是，有些罪行暂时还没有法律可以追究，受害者只能采取一些报复的行为，这是最应该给予宽容的。不过我们必须留心注意，这一种报复的实施，必须在不会再有法律对这样的行为进行处罚的前提下才行。否则，这就是用加在自己身上的双重的麻烦，来换取敌人的一种麻烦，结果还是令你的对手占了便宜。

很多人在行使报复的时候，他们会有意地让对方知道实施报复的理由，此举是十分慷慨的。其复仇的痛快并不在于怎样加害对方，而在于希望对方悔过自新。但卑鄙狡猾的有如懦夫般的报复，就像从暗处飞过来的箭，防不胜防。

佛罗伦萨大公科西莫[①]，曾经有一句话是针对忘恩负义的朋友的著名论断，说这类背叛是最不可轻饶的，“你可以有诫命使我们饶恕敌人，但你却永远都没有诫命使我们饶恕朋友。”[②]但是约伯的精神境界似乎要更加高一些，他讲道：“难道我们只会从上帝手里得到福报，却无法忍受灾祸吗？”[③]若以此例类推，在朋友身上，也会像这类情形一样。

正因为如此，人们如果总是念念不忘地进行报复，就会使他们本来可以很快康复痊愈的伤口永远无法复合。对公仇的报复，比如为了恺撒、佩尔提纳、法兰西国王亨利三世之死以及其他类

---

①梅迪契家族成员，第二任佛罗伦萨公爵，后当选为共和国首脑。

②《新约 · 马太福音》第五章三十八—四十八节。

③《旧约 · 约伯记》第二章十节。

似的事件而进行的复仇[①]，大多数都是成功的。但是对于私仇的报复却完全不同。不仅如此，更为糟糕的是，怀恨在心以至于不报复就不善罢甘休的人，他们的生活就有如巫婆一样，活着的时候对人没有益处，死的时候却异常凄惨。

---

①替恺撒复仇者为屋大维，替佩尔提纳复仇者为塞维鲁，替亨利三世复仇者为法王亨利四世。

论逆境

“人们总是期望获得顺境带来的好处，但是更应该懂得如何品味逆境的益处。”

这句话是塞内加的至理名言。的确，如果说奇迹是不同寻常的，它往往是在对逆境的征服过程中体现出来的。另外，塞内加还说过一句更为深刻的格言：“所谓真正的伟大，就在于表面脆弱的凡人躯体但实际上却具有不可战胜的神性。”这种宛若诗句的妙语，其中的境界意味深长、无边无际。

奇迹一直是诗人们乐此不疲所追求的想象，它事实上就是古代文人墨客奇思妙想的结晶，似乎无一不是神秘的，并且，他们的举动还有很多近乎于基督徒的情况。古代文人曾经描写过赫拉克勒斯坐在一个瓦罐上横渡大海[①]，去搭救因为盗取火种而遭到惩罚的普罗米修斯，也曾生动地描绘出基督徒用自己的血肉之躯作为船，经受住人世间的惊涛大浪的勇气和志气。

面对幸运的时候我们需要控制自己的欲望，而面对逆境我们所需要的美德则是坚守自己的志向。就道德而言，后者比前者更

①见希腊神话。

难得可贵。因此，《旧约》中将顺境看作是神赐予的福气，而《新约》则把逆境看作是神赏赐的福祉①。因为上帝正是在逆境之中才会给人更大的施恩和更为准确的启示。如果你聆听到《旧约》诗篇中大卫那美妙的竖琴②，那么，你听到的并非仅仅是颂歌，它还会伴随着同样多的苦难和坎坷。而圣灵对约伯所受到的苦难的记载和描述远远比对所罗门财富的刻画和修饰要生动得多。

同时，顺境也绝非没有恐惧和磨难，而逆境也并非不存在慰藉和希望。举例来讲，在刺绣品中可以明显地看到，以暗淡的背景才可以衬托出较明丽的图案，而远不是要把暗淡的花朵镶嵌于明丽的背景。那就借助这种美景的快乐来汲取心中的欢愉吧。不可否认，美德就像天生丽质的香料，只有在燃烧的时候才会散发出浓郁的芬芳，所以，顺境最能够显现出邪恶，但逆境最能够彰显出高贵的德行。

---

①《新约》屡言受苦即福。

②意即当你读《旧约·诗篇》的时候。

论掩饰

人们所说的掩饰只不过是一种让他们懦弱的策略。因为，要想把握讲真话和干实事的机会，就一定要保持头脑清晰，心态坚强，无需掩饰。所以，在政治之中的弱势人，往往才是最善于装腔作势的人。

塔西佗曾经说过："利维娅（古罗马皇后，奥古斯都大帝的妻子，提比略的母亲）既有她丈夫的智慧和能力，同时也有她儿子深藏不露的优势。"[①]当莫西努斯（古罗马将军）鼓动韦斯巴芗（古罗马皇帝）向维特利乌斯发起进攻的时候，他说："我们需要面对的敌人，既没有奥古斯都明察秋毫的判断能力，也没有提比略的隐秘低调的深沉。"

这些话将两种才干——谋略与韬晦——分开了。这两种能力的确需要出于习惯或者出于素质，它们有的时候是十分卓越的。

因为，如果一个人明察秋毫到可以分辨出什么事情是应该公开的，而什么事情是不应该公开的，什么时候应该半藏半露，以及对象是哪个人、时机在哪里（这些都正是塔西佗提到的治国与处世的道理）的时候，那么，对他来说，掩饰的习惯就是一种阻

①塔西佗《编年史》第五卷一章和《历史》第二卷七十六章。

力或者说是一种缺点了。

但是，一个人如果不能获得这种果断的判断能力，那么一般来说他也就应该谨慎做事，成为一个理所应当的学会掩饰的人了。因为如果当一个人面对不能控制的困境但又不能随机应变的时候，采取一种看上去最为安全和最为稳妥的做法也就是最为成功的，这与一个人视力不好但走路却十分稳当是一样的道理。

当然，强者往往在处理事情的时候不仅具有宽广坦率的胸怀，而且也拥有诚实诚恳的名声。他们就好像那些训练有素的马匹，可以识别什么时候应该加速前进，什么时候需要转弯。如果他们能够灵巧地把握坦诚与沉默不言之间的分寸，假使他们会因不得已而掩饰自己，也是不能轻易被识破的。这是因为他们一如既往的开诚布公和处理事情的坦率获得了人们的信任和支持，这让他们的掩饰几乎不被发现。

进行自我掩饰的方式通常有三种。

第一，最为保险的方式就是沉默。沉默让秘密得以保留下来，也让他人无法进行探测。

第二，即为故意施放烟幕弹，向人们散播似真似假的消息，使人难以辨明真假。也就是说故意泄露事件中无关痛痒的一部分，但其真实目的却是隐藏真相中关键的那一部分。

第三，是积极地进行掩饰，故意发布虚假的消息来掩盖真实。

关于第一点，有过去的经验显示，一般是沉默的人往往更容易获取别人的信任。所以，守口如瓶的人无疑可以听到很多人的忏悔。因为没有人想要对一个多嘴多舌的人透露内心的秘密和隐私，这正像一个密闭的空间更能够吸取室外空气一样。这是人的天性所希望和驱使的，人们更愿意将心中的秘密向一个能保守这件事的人倾诉，而并不是让自己的心灵去承受。简而言之就是，沉默是获取他人秘密的方式之一。

从另一方面讲，一个人如果赤裸裸地袒露自己的心事，就像裸露自己的身体一样，都是不雅观的。含蓄的仪态和举止更加为人所接受和尊重。所以说，沉默无疑是一种修养。不难看出，那些多嘴多舌的人都是空虚轻信之徒。他们不但要议论他们所知道的，而且更为喜欢议论他们所不清楚的。因此，沉默不仅仅是策略性的，同时也是道德性的。还有一点要明白，善于沉默不仅在于能够管住自己的口舌，而且也应该学会控制自己的表情。观察一个人，首先便是应当观察他的嘴部的线条和表情。它们往往会背叛人的内心，从而泄露秘密。因为表情往往比语言更加引人注意和让人值得信赖。

关于第二点，也就是施放烟幕弹，这种谋略一般是用于有十分重要的秘密需要别人进行保守的时候。所以在一定程度上，这个严守秘密的人首先必须是一个善于施放烟幕弹的人。因为人们大多是狡诈的，不能够容忍你保持中立，不偏不倚，不能容忍你将秘密深藏在心中而不向任何一方的人进行透露。他们会向你提出一大堆难题，而且还会设法诱使你开口将关于这个问题的话说出来。总之，他们就是要想方设法地挖出你心中的秘密。结果，如果你想要避免一种违背情理的沉默，那么总会在某一句话中不小心走漏一些信息，也就是说，即使你在几经引诱下刻意不说，他们也能从你的沉默中发现些信息，就如同从你的话语中可以打探到口风一样。至于那些支吾搪塞、闪烁其词，都只能暂时掩人耳目，而并不是长久之计。因此，如果不学习使用一下施放烟幕弹的本事，那么，任何人都难以保守秘密。

最后是第三点——说谎或作伪证，即使它可能在一定程度上发挥其作用，那么我们也应给予一些谴责而并不是称赞。一个社会中普遍说谎的风气是十分邪恶的，是人性弱点的显露。即便一个人开始是为了掩饰一些事情而说谎，但是到了后来他会因为不使谎言被人看穿就不得不说更多的谎话来弥补了。

掩饰有三大益处：

首先是可以迷惑对手，出奇制胜地攻击对手。但是如果一个人的意图被识破，那么结果就只能是向对手发出警报或引起抵抗。

其次是可以给自己留有喘息的余地，能够从容地全身而退。所以如果一个人只知道忙忙碌碌却毫不懂得掩饰，那么他必定会经历很多不能抵抗的挫折，或者最终被打败。

再次，谎言可以作为诱饵，洞悉对方的真实想法。所以西班牙人有一句绝妙的格言：说出一句谎话，能够得到一句实情。所以假如真的没有别的办法可以发现真相，说谎也是迫不得已的。

掩饰也有三种缺点：

第一，说谎就意味着让自己变得虚弱，因为说谎就有随时被揭穿的可能性，不得不随时防备。

第二，伪装会让朋友误会自己，从而失去伙伴，陷入孤独之中。

第三，也是最大的害处，因为虚伪和掩饰会损害一个人的人格，毁掉他自己的信誉和人们对他的信任。所以较为合适的做法，就是不仅要努力树立起自己真诚坦率的名声，而且要善于并且谨慎地运用虚伪和掩饰这个工具。这告诉我们，不到万不得已时，不要欺骗和说谎。

论父母和子女

为人父母的欢乐是心照不宣的，但是，这其中的愁烦和忧虑也是一样的。欢乐的地方是说不完的，可忧愁的地方也是难以言表的。

子女让劳苦渐渐变得甘美，但也让不幸变得苦难。他们使父母增添了对人生的牵挂，同时也消减了对死亡的恐惧。

虽然动物也能繁衍延续，但是只有人类才能青史留名和建功立业。确实可以见到的是，很多没有子女的人却成就了无数的丰功伟绩，他们在其肉体之影像不能再现出来的时候，便会十分努力地将他们心思意念上的影像展现出来。故此，反而是那些没有后代的人其实是最关心后代的。相反，成家早于立业的人，他们对自己的子女十分溺爱，他们不但视子女为其族类的继承者，也视为他们事业的继承者。对于他们来说，孩子就如同他们的创造物。

父母，特别是妈妈，对于不同的子女常常有不同程度的偏爱，有时甚至到了不通情理的地步。如所罗门所说："智慧之子使父亲欢乐，愚昧之子使母亲蒙羞。”[1]常有人见到在一个子女满堂的大家族中，只有一两个最大的孩子备受重视，最小的孩子备受宠爱，而中间的那些可以说是几乎被忽略了的，但是却常常被证明是最有建树的。

父母在零花钱上对子女的吝啬，是一个危险的隐患。这会使他们渐渐地变得卑微胆怯，精于投机取巧，甚至与不三不四的一些人为伍，而且一旦过上丰足的日子，更是穷奢极欲。因此，父母若能对子女管教上十分严格，花钱上略为宽松，效果常常证明是最好的。

家长也好，教师或导师也罢，人们均有一个糊涂的举动，那就是在还处于童年的兄弟之间挑动一种竞争，这将让他们在长大以后也彼此不和睦，且家庭纠纷时有发生。意大利人对子女、侄子、外甥或者近亲都一视同仁，这能使他们凝聚在一起，即使他们不是出自亲生的，也都不介意。而且，事实上，性情也更是如此，以至于有时我们有一个侄子因偶然的血缘关系，更像他的某一位叔父、伯父或其他某位男性的近亲，却不像他自己的父亲。

为人父母者，应当把握适当的时机为子女选择他们认可的职业和人生所要走的道路，因为那时他们是最具可塑性的。同时，作为父母，不可过分溺爱子女，过分地迁就其子女的想法，别想当然地认为他们小时所喜欢的事情，将来就一定会尽心尽力。

当然，如果子女的爱好和能力是十分超群和显著的，那么，

---

①《旧约·箴言》第十章一节。

就最好不要压制他们的才华。不过，以下这句格言还是十分有见地的：“选择了最适合的路，走惯了就会轻松和舒适。”

兄弟中幼弟多半结局很好，但若做哥哥的继承权被剥夺了，则做弟弟的这种幸运，就少见得多了，甚至可能再也见不到了。为弟者自幼便知将来得自食其力，一般都学有所成并具勤俭之风，但他们一旦继承财产而富贵，就很容易弃简从奢。

论婚姻

一个人建立了家庭之后，就会拥有妻子与儿女，这也就给命运女神送去了人质，因为妻子和孩子难免给事业走向辉煌带来阻碍，不管那是多大的善事还是多大的恶事。无可否认的是，对于公众的最好和最有贡献的人，大都产生于还没有结婚或者是还没有孩子的人们中，因为他们在感情和财产上，就像是娶了大众或者是将自己的陪嫁给了大众。但是那些已经有了孩子的人，却有充足的理由去考虑自己的后代，他们必定向未来许下最真实和贵重的诺言。

有一部分人，单身的生活就是他们的最爱，所以他们只懂得关心自身，并且他们总认为以后与自己是没有关系的。不但如此，还有一部分人，他们将妻子和子女只是看作要去偿付的累赘。更有甚者，一些很有钱而十分愚蠢的守财奴竟然因为没有子女来承袭他的遗产而感到无比自豪和欣慰，因为他们觉得那样就能够更加富贵。他们在听到别人说“某个人是一个大富翁”时，他们就会强硬地辩驳说道：“就算是又怎么样，他的孩子那么多，所以他的负担自然会很重。”这就好像在说其实是孩子们削减了他的财富一样。

但是喜欢独身的人常常是为了获取自由，这在那些自我陶醉而且性情怪异的人身上表现得特别突出，这样的人对于任何类型的约束都是特别敏感的，以致他们竟然认为腰带和鞋带也成了约束他们的枷锁和脚镣。单身的人往往是诚挚的朋友、施恩的主人抑或是忠义的仆人的代名词，但是这并不代表他们完全都是忠顺的臣子和民众，正因为他们了无牵挂，能够随时潜逃，所以浪迹天涯的人差不多都是单身的人。僧侣和道士们很需要过独身的生活，因为假如他们首先把仁爱和关怀给予了自己的家人和朋友，那么他们就很难再去普度众生。然而，各级的法官是否单身并不是非常重要，原因是如果他们被人们左右而导致贪污腐化，这一切最早开始的人多半是他的幕僚而不是他的妻子和家人。至于士卒兵丁，我们会发现，将帅在激励部下的时候总会让他们想到自己的家庭和亲戚，同时也可以看出，土耳其人对婚姻的不尊重所产生的严重的后果，因为这让他们军队的士兵变得卑微和恶劣。

毋庸置疑，妻室和儿女是对人性情的一种磨炼。所以，对于家庭的责任心不仅是对人类本身的一种约束，同时也会是一种锻炼。那种过单身生活的人，他们对待金钱的处理往往是挥霍无度的，但事实上他们在面对那种亟待帮助的人时却常常是一副铁石心肠，因为他们可能并不懂得怎样去关爱别人。

一种优良的风俗，能够教化出情感坚定且严肃慎重的男子汉，就像尤利西斯一样，他曾经抵制过美丽女神的引诱，从而保持了对妻子的忠贞。

而一个单身的女人常常是骄傲蛮横的，因为她需要用这些来显示，她的坚贞可能更多是自愿的。

如果一个女人因为自己丈夫的聪慧和优秀而感到骄傲和自豪，那么这会是她忠贞不渝的最好证明。但如果一个女人发现她的丈夫是嫉妒和多疑的，那么她将肯定不会认为他是十分聪明的。

在一个男人的一生之中，贤惠的妻子一定是年轻时候的情人，中年时候的依靠，暮年时候的守护。所以在他的一生中，可以说只要有合适的女人可以选择，那么任何时候结婚都是有道理的。

然而现在却有这样一个人[①]，在回答人应该在何时结婚这个问题上，他却说："年轻的时候可能还不应该结婚，年老的时候则是根本不必要结婚。"而他则被人们认为是很多聪明人当中的一个。我们总是会看到不出色的丈夫却有一个十分美丽的妻子，这可能是因为，她们的丈夫很少体贴，所以也就显得分外地难能可贵；又或者是因为，做妻子的因为她们的耐心而感到十分自豪。但是有一点是肯定没错的，也就是说不管她们的家人和朋友们如何劝告，不好的丈夫是出于她们的自愿选择，那就要为她们的抉择付出相应的代价。

---

①指古希腊哲学家泰勒斯。

论嫉妒

在人们各种各样的情感和欲望中，有两样东西最能让人们的心志被迷惑，这就是爱情与嫉妒。这两种感情都能激发出强烈的欲望，创造出虚无缥缈的意象，并且足以蛊惑人的心境——要是真的有巫蛊这种做法的话。

我们一样也可以看出来，《圣经》中曾经把嫉妒称为“邪恶的眼睛”[①]，占星术士则把它称为“凶象”凶象之“凶”和邪恶的眼睛之“邪恶”[②]，以至于世人直到现在还普遍认为，当嫉妒发生的时候，嫉妒的人眼睛会投射凶狠的目光。有人则更为观察仔细，他们竟然还看到，毒眼在被嫉妒者踌躇满志或者春风得意之时最伤人，因为那样的得意会让嫉妒的火苗燃烧得更加旺盛。另外，那些被嫉妒者的情绪最容易表现在脸上，所以当然也就最容易受到打击。

让我们先不理会这些看上去十分玄妙的说法，先来看看哪些人最容易嫉妒别人，而哪些人又最容易被别人嫉妒，还有就是在公事上的嫉妒和在私事上的嫉妒有什么区别。

道德败坏的人一定会嫉妒道德高尚的人。因为人们的心灵假

---

①《新约·马太福音》第七章二十二节。

②原文均用“evil”，其音形均与envy（嫉妒）相近。

如不能从自己的优势中汲取养料，就一定要从他人那里寻找不足和缺点来作为养料。而那些嫉妒别人的人常常是自己本身没有优点，但也看不到他人的优点，所以他只能用破坏他人幸福的方法来让自己得到一点儿安慰。每当一个人本身缺少某种美好品行的时候，他就一定要贬低别人的那些美好的德行，用以寻求心理上的平衡。

喜欢管闲事而且又喜欢打探他人隐私的那些人，他们通常也是一些喜欢嫉妒别人的人。他们之所以想了解别人的许多事情，不一定是由于事情可能会与他本人的利益有关，而是为了他在观察别人运气是好是坏的时候，得到了观看戏剧演出才会产生的那种快乐。那些埋头事业的人，其实是没有工夫嫉妒别人的。因为嫉妒是一种游离的激情，它只适合于在街上闲逛着，而并不待在家里的闲人。

所以说："爱打探其他人隐私的人，也一定是心怀不轨的人。"

那些世袭的贵族很明显是嫉妒飞黄腾达的新贵，因为他们之间的距离已经改变了，而这样的一切，却像视觉上的错觉一样，明明是其他人已经到前面来了，而看上去却是自己在退后。

宦官、老人、残疾者还有私生子是容易嫉妒别人的，这是因为他们实在没有办法来弥补自己的缺陷，因此他们只能通过损伤别人作为补偿。除非上述缺陷的人具有大无畏的英雄气节，有志于将自己的缺陷变为自己荣誉的一部分，如宦官纳西斯、瘸子阿格西劳斯和铁木儿[①]曾经努力创造了奇迹般的光荣。在经受了大苦大难以后的人也容易嫉妒，因为他们就像那个时代的落伍者一样，以为只有别人遭受失败才可补偿自己曾经经历的种种苦难。因为他们这种人十分乐于将别人的失落，看作是对他们自己过去所承受痛苦的一种弥补。那些想在特别多的事情上超越其他人的人，因为他们的轻蔑和虚荣，也总是产生嫉妒。由于在那些事情之中的某一项目，必然会有很多人要强于他们，所以当然就会有很多可以让他们产生嫉妒的事情。哈德良皇帝就是这样的一个人，他对诗人、画家和艺术家嫉妒得要命，因为他总想让自己在那些工作中表现得出类拔萃。

还有一种嫉妒产生于亲戚、同事以及一起长大的同伴之中，人们非常容易发现如果在同辈中有人出类拔萃，这时也会产生嫉妒。因为，同辈人的突出成绩，就会招来针对他们自身运气和水平的评论，这些评论在他们以前的记忆中又总是挥之不去的，而且还会引起他人的留意。所以该隐由于嫉妒就杀害了他的亲兄弟亚伯。现在关于哪些人最易于嫉妒别人的话题就先说到这里。

现在我们再来讲讲那些或多或少会遭到其他人嫉妒的人。首先，有品德的人在步入老年后很少会遭到其他人的嫉妒，因为他们的幸福和运气已经让别人觉得这只不过是他们应该获得的报答和偿还，而应该得到的报答和偿还是谁也不会嫉妒的，世人只会妒忌那些过于慷慨大度的奖赏和施舍。另一方面来看，嫉妒经常

---

①纳西斯，拜占庭帝国一宦官出身的将军，一生战功卓著；阿格西劳斯系斯巴达国王，有“跛脚国王”之称；铁木儿号称“一代天骄”。

会在和人攀比的时候产生，也就是说如果没有攀比也就没有嫉妒，因此君王是不会被其他人嫉妒的，除非嫉妒的这个人也是一位君王。不过值得注意的是，卑贱的人在飞黄腾达的开始阶段是最易于受到别人的嫉妒的，但是随着时间的流逝嫉妒会渐渐地减弱。与此相反的是，德行、人品都很高尚的人则最容易在他们的好运气连续不绝的时候遭到其他人的嫉妒。因此，他们的优点虽然像以前一样，但已经不像当初那样突出，后起之秀的成就已经使他们的优点黯然失色了。

出身高贵的人在得到晋升的时候，他们不会受到其他更多的嫉妒，因为那些可能是因为他们的出身本应该得到的。除了这些，这可能并没有给他们带来更多的好运。而嫉妒就好像阳光一样，阳光直射在河流的堤岸上或者崎岖不平的地面上，这比照耀在平地上的温度高得多。而且由于同样的原因，那些逐级提升的人，也不会像那些突然性地、跳跃性地被提拔的人那样会遭到其他人的嫉妒。

那些经历过苦难、忧患或冒险才获得荣誉的人，是很少受到其他人嫉妒的。因为人们认定他们赢得的光荣是来之不易的，是他们努力、拼搏、奋斗的成果，也是他们应该得到的补偿和报答。因此，人们有很多时候甚至还会怜惜他们，而怜悯的感情永远是能够治愈嫉妒的最好药剂。所以，大家应该留神那些老谋深算的政坛人物，他们在官运发达的时候，还总是向别人倾诉，感叹自己过的是什么样的日子，简直就是受罪这类论调。这并不是由于他们的感觉真的是这样的，而是为了减弱他人对他们的嫉妒。不过一定要清楚地知道，他们这种哀叹是针对那些由其他人强加的事情而言的，而不是指他们自己请求去做的，因为最能够让嫉妒增加的事情，莫过于多手多脚又野心勃勃地大权独揽了。而最能够让嫉妒减弱的方法，莫过于大领导让他的下属拥有优越的权利和突出的地位。凭借这样的手段，就可以让他筑起防止嫉妒的有效堤防。

十分的显贵而看不起人的人是最容易遭到嫉妒的，因为这样的人一旦不炫耀他的富贵就会感到少了些什么，结果他们或者是在举止言谈上活灵活现，或者是要用压倒一切的气势来反对竞争的对手。可是聪明的人们却宁愿吃点亏也要给嫉妒者一些实惠，让嫉妒者在与自己切身利益关系微小的事情上占上风。但是尽管这样，以下的事实仍然能够很好地说明问题，那就是：以直率坦荡的态度来享有富豪比用虚伪狡诈的态度来享有会更少地遭到别人的妒忌，只要那直率坦荡中没有傲慢与自夸的成分，因为有着后一种态度的人从来都认为自己是十分幸运的，而那恰恰会让人觉得他自己都感到他不配享受富贵，所以正是他自己在引诱别人来嫉妒。

最后，我们来给这一段叙述做个总结：我们在文章开头的时候就说过，嫉妒的行为或多或少是有点巫术在其中的，因而要驱除嫉妒，唯一并且最有效的办法就是驱除它，也就是说，驱除掉那个“符咒”，并将那个符咒放在另外一个人的身上。为了达到这个目的，那些更为聪明的大人物总是将别人推到舞台上，而让那些本来应该落在聪明人自己身上的嫉妒落在了那个人的身上，有时是落在侍卫和仆人的身上，有时是落在同级和同事的身上，而甘愿充当这样角色的人往往就是那些天性莽撞但是又有事业心的人。那些人，只要能够得到权力和职位，是不吝啬付出任何代价的。

此外，我们还应该说说与私下嫉妒相对的公共嫉妒，它还是有很多可取之处的。公共嫉妒不像私自嫉妒那样一无是处。公共嫉妒的事，可以抑制那些拥有更多权势的人的作为。所以，嫉妒对于大人物来说，是一种防止他们越轨的约束和有效机制。

这种公共嫉妒或者是公共的愤怒，有时候只是针对某位领导者个人，而不是针对一种政治体制。但是大家请记住这样一条铁律：如果民众的公愤已经扩展到几乎所有执政者的身上，那么这个国家的体制就必定会面临覆灭的危险了。

最后我们再谈谈关于嫉妒的感情问题。在人类的所有感情中，嫉妒是一种最纠缠不清，绵延不止的感情，因为其他感情的产生和发展都有特定的时间和范围，有时只是偶尔发生。所以古人讲得好，嫉妒是从不休息的，因为它总是在某些人的心中作乱。世人们应该注意到，只有爱情和嫉妒会让人变得更加憔悴和消瘦，而其他的感情则不会产生这样的效果，原因是其他感情都不像爱情和嫉妒那样无论什么时间空间都可以存在。嫉妒也是最为卑微最为堕落的一种感情，它反映了魔鬼的固有属性，魔鬼就是那个趁着黑夜在麦田里散播种子的嫉妒者[①]。一般情况下，嫉妒也总是在暗处施展诡计，犹如毁掉麦子一样，偷偷地毁掉人间的美好。

---

①见《新约·马太福音》第十三章二十五节。

论爱情

舞台比人生更多地因为爱情而令人陶醉。因为在舞台上，爱情总是喜剧的好材料，偶尔充当悲剧的材料。而在生活中，爱情却总是搬弄是非，有时简直就像一个妖魔妇女，有时则像一位复仇的女神。

值得我们留意的是，从古代到现代，所有伟大的和高贵的人物，只要是我们了解到的，几乎没有一个是因为受到爱情的引诱而变得昏庸无道的。由此可以看出，伟人们和宏大的事业确实是可以和这种软弱的感情毫不发生联系的。但是，有两个情况被视为例外，一个是曾经作为罗马帝国两个统治者之一的马库斯·安东尼奥斯①，还有就是作为十大执政官之一和起草以及修订法典的阿皮尔斯·克劳迪亚斯②。前一个的确是一个好色之徒，故而放纵自己没有限度，但是后者却是一个庄重而智慧的人。所以，虽然这样的情况不多见，但看起来，爱情不但可以对没有防范的心长驱直入，而且即使是严阵以待的心境，如果把守稍微有一些

①马库斯·安东尼奥斯曾与屋大维平分权力，后迷恋埃及女王克娄巴特拉七世，终招致杀身之祸。

②阿皮尔斯·克劳迪亚斯因企图奸污民女而死于狱中。

松弛的话，也照样会随时进到那里。

智慧的人伊壁鸠鲁说过一句听起来难免有些别扭的话：

“人可以在邻居那里发现一个足够大可以施展的舞台。”

一个生下来就应该仰望着天空和一切高远的人，但却往往会跪在一个渺小的偶像面前，让自己成为一个软弱的屈服者，尽管不是受制于口舌，却也受制于眼睛，而之所以给他眼睛的需要，本来是为了更为高尚的目的。

一个值得注意的奇怪现象就是，过度的激情，它向事物的本质和价值提出挑战，而又是因为这样，它总是用夸张的语气来说话，这只有在爱情中才是最为适当的。它的适当不仅仅是在于语言的运用之上，正像古代的人所提到的那样：刚刚开始阿谀奉承的人——所有后来阿谀奉承的人都和那个最开始阿谀奉承的人互通彼此的信息——这就是人们自己。但是无可否认，情人才是更大的阿谀奉承者。因为再傲气的人，也不会像情人对待所爱的人那样，如此地看好自己，甚至到了一种不可相信的可笑的程度。因此古代的圣人说得好：“恋爱中的人们想明智是不太可能的。”这个弱势也并非仅仅是别人看得出来而被爱的那个人看不出来，除非那个爱情是两情相悦的，否则被爱的人应该尤其能够看得出来。

有这样一条铁的规则，爱情所能够获得的回报，要不是得到了爱，要不就是得到了对方内心深处的蔑视。所以，人们更加应该小心对待这种情欲，它不仅会使人们失去除此之外其他的东西，就连爱情也很难保住。至于其他方面的损失，诗人的史诗刻画得十分深入了，就像那个喜欢海伦的人放弃了朱诺和雅典娜的礼物一样。凡是沉醉于爱情之中的人们就会因此而失去财富和聪慧。

当人们的心灵最为软弱的时候，爱情是最容易侵入的，那就是当人们在呼风唤雨、忘乎所以或是处境窘困、孤苦伶仃的时候。虽然在后一种情境中不容易获得爱情，但是，人们在这样的情境中却最想要急于跳入爱情的火焰中。由此看出，“爱情”的确是“愚蠢”的儿子。但是有一些人即使心中有了爱情，却仍可以约束它，使它不阻碍重大的事业。因为，一旦爱情干扰了事业的进步，它就会阻碍人们坚定不移地奔向已经确定好的目标。

不知是什么原因，很多军人很容易坠入情网之中，也许这正像他们爱好饮酒一样，冒险的生活才可以激发他们对快乐的向往。

人性中可能潜伏着一种对于爱的倾向，如果不集中在某个专一的对象之上，那么就必然会让更广泛的大众受到益处，使他成为一个慈眉善目和心地善良的人，就像僧侣那样。

夫妻的恩爱，使人类得以繁衍；朋友的友爱，使人性得以完善；但是荒淫无度的爱，却只会让人们走向堕落灭亡！

论高官

做高官的人是三重意义的奴隶：君主或王国的奴隶，声誉的奴隶，工作的奴隶。所以无论在人身上、行动上或者是时间上，他们都没有自由。

为了得到权力而不惜牺牲自己的自由，或者为了追求掌控他人的权力而牺牲自己，这种欲望真的是令人匪夷所思。升迁高就的过程是十分艰辛的，要经历很多的苦难，但爬得越高，得来的痛苦就会越多；而且上升的过程有时还是见不得人的，需要借用卑劣的手段，才能使人谋取高位。

可人在较高的位置上也是待不稳当的，其下场通常是悲惨的。要么是垮台，要么是失去势力，从而风头不再。“既没有当年的勇敢，又何必再贪恋活在人世。”[1]然而，人想退的时候又退不了，该退的时候又不肯退，退了的人更有不甘轻易隐退的——即使他还处于老弱病残之中，本来是需要庇护的时候，也是如此。就像市镇里的老人一样，偏偏要坚持坐在闹市的街头，尽管这样做只能任由他的老态龙钟被路人讽刺罢了。

①西塞罗《致友人书简》第七卷。

大人物一定要借他人的眼睛才能看到自己的幸福，要只是用自己的感觉来判断，他们就体会不到他们的幸福。但是一旦想到别人会怎么看他们，别人对于他们所处地位的关注和羡慕，他们就仿佛能从这些传闻中获得快乐一样，即使他们自己的内心感受可能是相反的。因为他们是最早发现自己可悲的人，尽管他们又可能是最后一个看到自己不足的人。无疑，高贵的人在反观自己的时候往往都是不了解的，而且他们身处事务的忙碌之中，无论是对于自己的身体或是心灵上的健康，他们都没有那么多的时间去照料。正如塞内加所说："假如一个人在死的时候还是名扬天下，但他自己却不了解自己，那也死得太悲哀了。"①人们在位的时候就有权做好事或者去做恶事。作恶是应该得到诅咒的，因此对于作恶来说，最好是没有欲望而为之，其次就是没有能力而为之。但行善之权力仍是端正的、符合法律的憧憬所在。善良的意念虽可以被上帝采纳，但要是不实施，就只不过是一场好梦而已。而行善则非要以有权有势作为它的后盾和前锋不可。

功名利禄和宏伟的事业乃是人类谋求高位的最终目的，看到这样的目的实现，对人们来说，则是安息的完成。如果有人能够成为上帝的剧场中的参与者，那么他同样也是上帝的安息的共享之人。"上帝看着一切所造的都特别好。"②然后也就到安息日了。

刚当上官的时候，就应该用典范在面前树立起最佳的榜样，

①塞内加著《提埃斯特斯》第二幕。

②《旧约·创世纪》第一章三十一节。

因为仿效就是一套有效的原则。之后，就是树立你自己的典范，并严格地自己检查自己，查验是否有进步。此外也不要忽视前任失误的地方，这不是为了要诋毁前任的名誉而突出自己，而是为了让自己不重蹈覆辙。

因此，要进行改进，既不能过度声张，也不能诋毁前任，应该给自己订立规范，而且要创立后人能够效仿的优秀的先例。凡事都要追到最先的根源，而且要究其退化的原因和途径。但是要顾及两点：第一，当初什么是最好的；第二，如今什么是最合适的。

行事应当力求有规矩，以便他人可以把握，但是不要太古板或者拘泥于以前的形式，在变更规矩的时候，自己应该能够对这件事解释得十分清楚。

当权者维护自己的权益，但不要卷入任何权限的纠纷之中；宁可渐渐地掌控实权，也不能争吵着去刻意地追求名分。同样也要维护下属的一些权利，就他们的尊荣而言，与其事事亲力亲为，不如指导他们进行运筹帷幄。欢迎并且鼓励和他们行使职权有关的意见，对待那些通知消息的人，不要将其看作是搬弄是非的人而拒之门外，要乐意接纳。

当官的弊病主要有四个：拖拉、贪污、粗暴和面子比较薄。说起拖拉，如果想要避免，应平易近人，还应该遵守约会的时间，处理手中的事情应该一鼓作气，不得已的时候绝不能把其他事情搅和在一起。

说起贪污腐化，不仅要约束自己和随从不能受贿，还要约束来求情的人也不能行贿。因为正直的品质可能只对自己有作用，但对于树立正直的形象，还有对贿赂深恶痛绝的声名，则对他人的一方起作用。不仅要避免受贿的事情，而且也要避免受贿的嫌疑。凡是被人们认为反复无常，并没有明确的原因，就明显地改弦更张，就很容易引致贪污的嫌疑了。因此当你改变想法或者行动的时候，一定要将这些事情还有它们的变化理由加以公开地承认和宣布，不要妄想蒙混过关。值得注意的是，如果有下属或者亲信和你关系十分密切，而他们却没有明显的可以称赞的地方，这就很容易让人看作是暗行贪污的一个旁门左道。

说到粗暴，它是一种招人忌恨的事，而且是毫无必要之事。严厉让人产生畏惧，但蛮横却只能让人有怨气。即使是呵斥下级，也应该是严厉而并不是尖刻。

面子太薄的危害比受贿可能还要大。因为贿赂只是偶尔才会有，但如果纠缠在情面上往往可以左右一个人的行动，那他就会一直受到面子的约束和奴役了。就像所罗门所说的："看人的情面，人们可以因为一块面包而枉法。"[①]有古语说得十分有道理："地位升迁就知道了他的品性。"有些人当官便更高尚，有些人就更狭隘。塔西佗论加尔巴时说："要是他从没有做过皇帝，人家也都会推举他做皇帝。"但他论及韦斯巴芗时却说："在所有君主中，唯有韦斯巴芗一个人是在当了皇帝之后变得更加贤明的。"虽然前面的一句是指统治的能力，后一句则是指气

①《旧约·箴言》第二十八章二十一节。

度和情怀，但是无论是哪个人，只要是有了权位然后再改善，就证明他的人格高尚还有心胸宽阔了。因为，权位就是，或者说应该是德政的所在，而且就像大自然一样，每当事情在进入正轨的时候，这个运动就是最为剧烈的，上轨之后就会活动得和缓了。所以向着权位争斗的时候，他们的德行是沸腾的，而当权时的品行则是安稳而平静的。

所有晋升的人都好像登上一条不断转动的楼梯一样，要是遇到有派系之分的事情，最好就让自己往上登高的时候加入其中的一派，爬上去了之后就要保持中立，不偏不倚。还应该善意而公平地对待以前在这个位置上的人的名声，因为不这样做的话，就会成为一种债务，等到将来的时候你离开了不还也不行了。对待同事，要尊重他们，宁可在他们意外的时候会见他们，也不要在他们有事相求的时候不予考虑。但是在谈话的时候和私下答复求情人的时候，不要总是想着自己的地位，相反，最好从人们的口中说出来："他工作起来真像是另外一个人。"

论胆大

狄摩西尼曾被问到一个问题："到底什么才是演说家最主要的才能？"他回答道："动作。""其次呢？""也是动作。""再次呢？""还是动作。"西塞罗在其《论演说家》，普鲁塔克在其《十大演说家生平》中都记述了这个故事。这虽然是小学课本上的一篇普通课文，却是最值得智者深思的问题。

狄摩西尼作为一位伟大的演说家，在天分上并不具备他所推崇的这一才能。令人匪夷所思的是，这种才能应该是演员的本事，对演说家而言只不过是表面功夫，却备受推崇，盖过其他精彩的技巧，例如独创和雄辩之才等等。不仅如此，这种表面上的功夫简直好像是至高无上，一个顶一万个一样。而其原因却是不言自明的：在人性之中，愚钝的成分通常多于智敏的成分。因此，那些令心中愚钝部分为之所动的本事也应该就是最显成效的了。

与此十分吻合的是政治上的胆大。若要问到什么才是政治上首要的才干，那就是"胆大"。第二和第三呢？还是"胆大"。尽管，胆大只不过是无知和无耻的产儿，根本不能够与其他能力相提并论。然而，它确实可以迷惑和挟制那些占绝大多数的见识短浅的和胆小的人，即便是聪明人，一时糊涂也会被其麻痹。所以我们看到，胆大在共和制度的国家之中创下了奇迹，但是在元老制度或君主制度的国家却表现平庸。还有，胆大从来都是胆大者初次现身时比较有奇效，后来就没有什么作用了，因为胆大的行为从来都是不能用基于胆大的功夫而发出的诺言予以兑现的。

的确，就像卖狗皮膏药的人给别人治病一样，也有卖狗皮膏药的人为君主治国，这类人信誓旦旦要改革长久以来的弊病，不过他们或许只能在两三次试验里撞上好运，但他们却欠缺知识，所以无法持久。

另外，你往往会遇见有些行走江湖的人，当他们承诺一件大事情而十分可耻地失败了的时候，如果胆量足够的话，他们便可以将此敷衍，转移话题，然后就溜之大吉了。

无疑地，对于见多识广的人而言，胆大妄为者只是一类可供消遣的笑柄，即便对普通人而言，胆大者也是比较离谱的。如果他们的荒唐是笑料的素材的话，你要相信，名副其实的胆大肯定是离不开无知的。尤其值得一提的是，胆大者在丢失了面子时，神情会萎缩到呆若木鸡一般。而胆小者失去面子时，还有一些伸缩之地。但是胆大者在类似的情形中，就进退两难了，就好像国际象棋中的王被困在僵局中一样，虽还没有被将死，但是却动弹不得。不过，这后一种适合于写进讽刺的小品当中，而并不适合于写进较严肃的话题里。

胆大的人永远都是盲目的，因他看不见凶险和烦恼。所以，他把胆大用在决策上是有害的，用在行动中是有利的。根据这一点，对胆大者应当善于发挥他们的特长，但是永远不能够让他们做统帅，只可能让他们做副手，受置于他人的命令之下。须知，遇到事情在商议的时候最好考虑到风险，在行动时最好忽视风险，只要这些风险不是特别大就可以了。

论性善

善既可以理解为造福人类，也可以理解成是古希腊哲学家所谓的“仁义”，或者时下所指“人道精神”，但是这两种的表达仁慈的意义还不是那么深刻。

善是一种习惯了的性情，而性善是一种倾向。仁慈和善良，这是人类的一切精神和道德品质中最为伟大的一种，最具神性的一种。如果人们不具有这样的品格，人类就只不过是一个忙碌而有害、可怜而又可悲的家伙，比一只寄生虫也好不到哪儿去。行善符合神性的仁慈的精神，它可能会弄错对象，却永远都不会过分。

过分要求的权势欲使曾经的天使撒旦堕落为魔鬼，这是《圣经》中的故事。传说撒旦本来是神，为了篡夺上帝的位置，而坠入地狱，沦落为魔鬼。过分地追求食欲也曾经让人类的祖先失去乐园，这也是《圣经》中的故事。传说人类的祖先亚当、夏娃在伊甸园中受到蛇的引诱，偷吃了智慧树上的果子，于是被上帝逐出了伊甸园。只有善良仁慈的德行，无论对于神还是人，都永远不会因为过分而成为危险的隐患。

向善的倾向在人性的深处烙印。向善是如此的根深蒂固，以至于这种仁爱之心如果不施于人，也会施之于其他动物身上。就像我们在土耳其人那里看到的一样，他们作为一个野蛮的民族，[①]但是对狗和鸟这一类的动物却很仁慈。根据伯斯贝克的记述，在君士坦丁堡就因为虐待了一只鸟，一个欧洲的女人险些被当地的人用乱石砸死。

确实，人性中这种善良的特质，有的时候也会犯错。所以意大利有句很不礼貌的讽刺话："一个人会因为过分善良而成了废物。"在意大利有一位博士马基雅维利，他是意大利的政治思想家和历史学家，还是文艺复兴时代意大利著名的政论家，他曾经著有《君主论》等，他用足够的自信写下了这样浅显易懂的话："基督教的教义让人们成了软弱的羔羊，也成了残忍和不公的牺牲品。"他这样说的缘由，可以说是因为基督教比任何其他法律、宗教或学说都更强调人性的善良仁慈了。

为了避免由于过于善良而遭到的耻辱和危险，我们需要意识到在善良这种习性下潜在的巨大隐患。与人为善，但是不要被有些人的假面具和伎俩所蒙骗。善良变成了可笑的轻信和懦弱，将会使老实人因为自己的好心而上当受骗。我们就绝对不能把一颗宝石赠予《伊索寓言》中的那只公鸡——因为它如果能得到一颗大麦粒，反而会更高兴。

万能的上帝曾经这样教导过我们："天主普照阳光，既给好

①这是培根对落后民族的诬蔑的论断，这反映了他的欧洲中心主义的民族观点。

人，同时也给坏人；普施雨露，为善良的人，也为了邪恶的人。但上帝绝不能将财富、荣誉和才能像阳光雨露一样普照普施，人人均等分配。”福利应该属于所有的人，而特殊的利益就必须要有所选择。另外我们应该注意的是，在做好事的同时不要先伤及自己。神灵的启示是：要像别人爱你那样去爱别人——“去卖光你所有的财产，赠给有的人，然后跟着我走向天堂。”[①]但是除非你已经决定想要追随神的脚步，否则还是不要卖光你的所有财产；除非你已经听到了神的指引，否则不要做出这么多的善行去换来非常少的结果。不然，你就好像用自身细微的泉水去灌溉填补干涸的大河一样徒劳无功。

所以人的内心固然需要善良，但是行善却应该在正确的理性指导下。人性中有着天然向善的倾向，当然也会有另外一面——向恶的倾向。所以，人性中也有狠毒的一面，狠毒的天性是不会使人行善的。那种鲁莽、暴躁、固执的性情和脾气还不算是人性中最坏的一个方面。

最恶的天性应该是嫉妒甚至给他人造成危害。有这样一种人，他们专门落井下石，甚至专门给别人制造灾祸以谋求生存——他们简直还不如《圣经》里那条以舔恶疮为生计的恶狗，更像那种至今还在不停飞着的吸吮腐烂东西的昆虫。这种“惹人厌恶的人”和雅典的泰门[②]正是相反的一种类型。泰门愤世嫉俗而看不起人类，他曾经对雅典人说，在我的园中曾经有一棵树，它

①《新约·马可福音》第十章第二十一节。

②泰门，古希腊的哲学家。

就要被砍掉了，如果谁愿意上吊请赶快去——虽然他们的花园里并没有一棵能供其他人上吊的树，但他们的所作所为却与让人上吊没有两样。这种情况正是人性中的大恶。也许这样的人在政治中可能是一块最为适合的政客材料，但是他们就好像弯曲的木头，虽然可以造船，但是却不能做建房的栋梁。船是一定要在海里沉浮颠簸的，而那些房屋却是必须要坚定稳固的。

善良是由许多部分组成的，当然，它也有各种各样的标志。不过如果说一个人温和高尚，对陌生人也能彬彬有礼，那么这证明他也可以成为一个“世界的公民”——因为他的心中并没有国界，他可以和五湖四海、大洲大洋相通联系。如果他可以同情其他人的痛苦与不幸，那他的心灵必定美好得像那种高贵的树，那种即使自己受伤也要流出香液为其他人治疗伤痛的名贵树木。如果说他很容易就去原谅和宽恕别人的侮辱和冒犯，那就证明他的心灵也能够超越于一切伤害之上，所以他可能从此就不易被伤害。如果他感激别人对他的细小帮助，那就说明他更加重视人的心灵而不是没有价值的钱财。最后，最为重要的是，如果一个人能像《圣经》中的圣保罗那样十分完美，为了拯救兄弟同胞甚至宁愿遭受神的诅咒——乃至不怕被逐出天国①，那么他就必定具有非凡的品行，进而与神耶稣一样了。

---

①见《新约·罗马书》。圣保罗说：“为了我的弟兄，我的骨肉之亲，就是自己被诅咒，与基督分离，我也甘愿。”

论贵族

当我们论及贵族这个话题的时候，我们一般从两个方面讨论，首先是关于贵族阶层在国家中的地位，其次是关于贵族本身的特性。

一个根本就没有贵族的君主国家，永远都成了一个纯粹而且绝对的专制的国家，如土耳其的情况一般。贵族的存在，在某种程度上让专制得到缓和。因为贵族控制了大部分人民，所以也就削弱了皇家君主的势力。

可是，民主政权的国家是不需要贵族的，而且和有世袭贵族的国家相对而言，通常更加和平一些，少些叛乱。因为大家的视线多在事情上面，而很少在人上；或者，就算在于人上，也是因为事业的缘故，借以看谁最为称职，而不是为了看到血统以及门第。因为我们见到瑞士尽管宗派林立，辖区分散，但也都是长治久安的。因为，维系他们的是共同利益，并不是地位和名分。荷兰的共和制度实施得特别好，也是因为他们实施的是平等。因为公民只要权利平等，就会少了很多的纷争，平等下的付出与收获都是令人十分愉快的。

强大的贵族等级虽然可以加强国威和统治，但同时也会削弱了君主的声势；固然它给人民注入了生机和活力，却同样也榨取了他们的很多福利。不过同样也恰到好处的情形是，贵族虽然强盛但是还不至于凌驾于王权和国法之上，而且同时又保持着一定的稳固的地位。这样，当民众群起闹事的时候，他们的矛头在过早地直指君王的威严之前，就会先有贵族进行抵挡。一国之中，贵族众多则容易招致贫穷和苦难，由于这是一种负担过度的开支；而且在另外一个方面，由于贵族中有很多人必然会衰落以至于贫穷，它就在名号尊贵与财富贫乏之间造成了一种极不符合的情况。

就单个贵族的地位来讲，设想一下，每当看见一座古堡或古建筑还没有破败的时候，或者有一棵参天古树枝繁叶茂时，是多么令人肃然起敬。那么，如果见到了一个饱经风霜但是却屹然不倒的高贵而且久远的家族的时候，则敬仰之情不知又会更加有多少啊！新兴的贵族只不过是出于权力的作用而已，但是世袭的贵族则是出于时间的造就之力。

那些开创贵族世家的先祖，大多是一些才高志强但品德可能还不太清白的人，因为要不是阴谋诡计的话，很少能有什么人能够飞黄腾达。但是只有他们的优点长久地存在后人的记忆中，而他们的劣迹，则早就随着他们一起消亡了。

出身于贵族家庭的人常常是不能吃苦，安于享乐，而且好逸恶劳的。他们甚至还会瞧不起那些终日十分勤劳的人。此外，贵族他们自己都不可能再怎么高升了，而那些停住不动的，是不容易在别人发达时没有嫉妒之心的。另一个方面，贵族之名分可以去除他人对他们不自觉的妒忌，因为民众会认为荣华富贵天生就属于他们所有。

无疑地，那些拥有贵族精英的君主，会在任用他们时感到十分顺手，而且会令国事更加风调雨顺。由于人民习惯屈服于权贵，而贵族也有机会施展其天生的才华与优越性。

论反叛

保护人民的那些人有必要对国家将会出现的政治风波的前兆有所认识，因为在一般情况下，政治风波在双方力量均衡的时候是最为剧烈的，这就像自然世界中的暴风雨在春分或秋分的时候最为狂暴一样，在一场暴风雨来临之前，经常会刮起沉闷的风，海水会慢慢地波涛汹涌起来，而国家也会有这种情况发生。

太阳神曾经告诫过人们，凶恶的反叛总是即将发生的，变节行为和隐秘的战争正在酝酿。[①]这时，针对国家的谗言公开流传，政治谣言四处传播，这些都将会不利于国家，却又常常被人们所匆匆接受。这些都是动乱的先兆。维吉尔在叙述谣言女神身世的时候说过“她是巨人们的姐妹”。

传说中，因为众神惹恼了大地女神特拉，使她十分生气，于是就生下了谣言女神，也就是凯欧和恩克拉多斯的妹妹。

我们从这一个神话可以看出，谣言好像是历史上众神叛乱的余孽一样。但谣言的确是即将来临的叛乱的序曲。无论怎么看来，维吉尔的话是十分有道理的，那就是构成叛乱的行动和推动叛乱的谣言之间其实没有什么区别，充其量不过是兄长与妹妹、

①见维吉尔《农事诗》第一卷。

阳性和阴性的不同。还有一个明显的特点就是，在这样的情况发生时，往往是国家出台了最好的政策。本来是最应该值得称赞的事情，并受到最广泛的欢迎，却遭到了恶意的误解和中伤，这就表明有很大的怨恨存在。就像塔西佗所提到的那样，当人们开始对统治者十分不满时，他的所有举动，无论是好还是坏，都一样会使他受到非难。

这种情形要是出现了，那些以为只要通过施用严酷的手段，就能控制住谣言，并且能够防范或者是根除叛乱的想法，将是非常错误而且危险的。因为这些举措真的可能会成为加速叛乱的导火索。所以从某种意义上来讲，冷静地处理这些谣言，比设法压制它们会更为有效。还应当分辨塔西佗所说的那种下属唯命是从的"服从"，就是他们表面上似乎是服从的，而实际上却是在对政府的法令进行挑衅。对君主的命令进行任意的批评和责备，这样的举动往往是走向叛乱的前奏，结局必然会导致无政府状态的出现。特别是当全民大辩论发生的时候，那些拥护政府的人不敢站出来讲话，反对政府的人倒是可以滔滔不绝、畅言无忌，这样形势就会变得更加凶险。

而且，就像马基雅维利所指出的那样，君主们本来应该是和国民一同战斗的父母，如果他自己成一党，而且偏向一方，那就好比是一条船，很可能会因为载重很不均衡而导致覆灭。这一点在法国国王亨利三世统治的时代可以十分清楚地看到。他先是加入了联盟，为的是消灭新教徒，在那不久，那个联盟又开始反对他。因为，如果君主的权威成为一个目标的帮凶，而且这之中还有其他的更加强大的君权约束，那么国王也就几乎丧失了他所拥有的一切权力。此外，每当纷争不和、互相攻击和派系斗争在十分公开的情况下肆无忌惮地进行时，也就标志着这个政府的威信已经长久地消失了。

政府里最高层官员的言行，都应该像传统的观念中关于“第十层天”里行星的运转一样，也就是说每一个行星都在最高层作用力的推动下迅速公转，同时又保持十分舒缓的自转。因此，当那些高官们在自转的运作中过于剧烈，并且就像塔西佗所说的那样，“放任到了根本不将他的支配者放在眼中”的时候，那么也就标志着“天体”运行系统慢慢地离开了轨道。因为那些威信是上帝所赐予的，是用来让君主成为名副其实的君主所应该有的。

宗教、法律、议会和财政是组成一个政府的四个十分重要的部门。当它们的地位被撼动的时候，国家也将会面临分崩离析的危险。下面我们再来探讨一下酿成叛乱的各种原因和动机，还有预防的方法。

造成叛乱的因素很多，所以也就值得认真研究一下。因为预防叛乱最好的方法就是驱除引起叛乱的原因。这就像只要有堆积的干柴，那么就很难讲它会在什么样的情况、什么时候，可能会由于某一个细微的火星掉落而形成燎原的大火。导致叛乱有两个最为主要的因素：一个是贫穷，一个是民怨。社会中但凡存在多少破产者，那么也就会存在多少潜在的造成叛乱的人，这是一个定律。卢坎这样来描述罗马内战之前的情形：

因为高利贷吞没了人民的财产！
因此负债者要借以战争来得到解放，
它的到来鼓舞了人心。

战争让许多人得到好处，这就是一个确定而又绝对可靠的前兆，说明这个国家已经有了反叛和动乱的想法和倾向。而如果上层阶级的破产与平民百姓的穷苦窘迫结合在一起的话，那么危险就是迫在眉睫了，而且这样的危害是极其巨大的。因为贫困和饥饿而产生的造反是最为厉害的造反。至于人民的不满情绪，它在一个国家当中，就像不良的体液流动在人体产生的影响一样，往往会凝聚起来，并且会发出一种异乎寻常的热量，还会引起发炎。

君主不能忽视民众的不满所带来的危机，这样做是把人民想象得过于理智了，民众一般都是无知的，而且往往也分不清楚什么样的事物对自己有利。君主也不能凭借民间疾苦的多少衡量危机的大小。有时恐惧带来的灾难可能比贫困引发的不满更可怕。

“伤心是有限度的，而恐惧却是没有限度的。”①

除此之外，苦难可以造就人的耐力，也可以压制住勇气，但它在恐惧的时候，却不是这样。任何君王或者政府，不能因为社会不满常常出现，已司空见惯，日久天长，由于未造成危险而掉以轻心。固然并非每一团雾气都能够成为暴风雨，但它始终是要降落下来。就像那句精妙的西班牙谚语所说：“绳子被最后一下

①小普林尼《书信集》第八卷。

轻轻地一拽给扯断了。”

叛乱的缘由和导火索是多种多样的：比如宗教的改革、赋税、法律与习惯的变动、特权的废除、压迫的广泛存在、小人得势、异族入侵，饥荒、军队的解散和党派之争的渐渐厉害，以及任何一种可以激怒大众，并且让他们在一场共同的运动中团结在一起的事情。

对于叛乱我们需要一些弥补的方法，只探讨一些一般的有效的预防方式。至于非常有效的治疗，必须对症下药，没有惯用的方法可循，只能就事论事，不可一概而论。

第一种补救或预防的途径，就是尽一切可能来驱除叛乱的物质基础，也就是国力的匮乏和穷困。针对这个目的当采用以下这些措施：使贸易自由化并让它的发展取得很好的平衡；保护并支持制造业；将游手好闲的人进行流放；按照节约法制止浪费和铺张；改进土壤的质量和开垦新的土地；宏观调整控制市场物价；减轻人民的赋税和进贡等类似的方法。

应当注意的是，不要让国内人口的总数超过国内的储备可以养活的人口数。人口的计算也不要只是用数目作为标准。因为，一个人口相对少的国家，如果收入也很少而且消费过多的话，比生活节俭、储蓄量很大的国家，会更快地消耗完它的国力。因此，贵族要职和官员增加的速度及数量，如果超过了民众人口增加的正常比例，就会很快把国家拖到贫穷的边缘，而且，宗教神职人员的过度增加也会造成这样的局面，因为他们从来不从事生产，而如果被供养的学者多于供给他们的职位的时候，所造成的结果也是这样的。

我们都知道，通过对外贸易，能够促使一个国家绝对财富的增长，国力的增强。通常有三种东西是能够进行对外贸易的：一个是天然的物产和矿产资源，第二个是本国制造业，第三个是商船队。所以，如果这三个轮子都可以正常地运转，那么财富就会源源不断地从国外流到国内来。而且更重要的也是很少有人知道的，劳务也可以创造财富。荷兰人就是最好的证明，他们的国家并没有富裕的地下矿藏资源，但是他们的劳务输出能力比较高，这使他们拥有了一个创造财富的庞大宝藏。英国学者罗伯特·伯顿在所著的《忧郁的解析》中，曾借用这一比喻来谈荷兰的工业。

作为统治者，应当谨防国内财富被少数的人所垄断。否则，一个国家就算拥有再多的财富，也只是将大部分的人民置于更加饥寒交迫的地步。金钱就好比肥料，如果不撒到田地之中，本身是没有任何作用的。为了让财富均匀地分配，就一定要用严酷的法律来对高利贷以及商业的垄断、地产的垄断进行限制。①

在去除不满，或者是起码要消除不满的危机这方面，每一个国家，都要有两个部分的臣民：贵族阶级和平民阶级。当两者中的其中之一方产生不满的时候，那危机是不大的，因为，民众如果没有受到贵族的挑拨，那么他们的动作是迟缓的，而贵族的力量又是渺小的，除非民众给予支持。所以，当贵族阶层心怀叵测

---

①指英国始于十五世纪的圈地运动。

地等待平民爆发动乱的时候，他们就能够公开表示不满了，而这恰恰就是危险发生的时候。诗人们杜撰说，其他的神灵想把朱庇特绑起来，朱庇特听说了，所以接受了帕拉斯的告诫，召来了布里阿柔斯，让他用他的一百只手来帮助自己。这个寓言十分形象地说明了，君主要是能够获得平民百姓的拥戴，那么他的地位就是安全的。

能够对民众给予适当程度的自由，让他们发泄郁闷和不满，才是一种稳当的办法。如果硬是不让体液排出，甚至是捂着脓血不让它流出来，那么就会有引发更加厉害的毒疮和恶性肿瘤危险。

谈到对不满的预防，埃庇米修斯和普罗米修斯值得称道，因为再也没有更好的办法可以来防备不满了。埃庇米修斯在“痛苦”和“恶行”从箱子里飞出来的时候，终于把盖子又盖上了，并把“希望”留在了箱子下面。[①]毫无疑问，用技巧和谋略来培养及保持各种各样的希望，并带领人们从一个希望走向另一个希望，这是缓解和驱除不满这种毒素的最佳解药之一。而且，衡量一个政府和政治家是否高明，一个明显的标志就是，纵然它不能够让百姓心满意足而赢得民心，也可以让民众感到有希望的寄托，从而赢得民心，同时，这个政府能够在处理事情的时候有自己独特的想法，以至任何困难都难不倒它，好像任何事都是很有希望的，都有解决的方法。这一点做起来并不困难，因为无论是个人还是党派，都是十分善于吹嘘自己的，或者至少敢于装出不

①见希腊神话。

相信大难临头的样子。

还有一种虽然大家都知道，但是仍不失为上策的预防方法，那就是预见并提防让那些心怀不满的人集聚的领头人物。我们认为能充当领头人物的人大多都拥有一定的成绩和声望，深受那些对现实政治不满的党派的信任和推崇，同时也对现存政治心怀不满。对这种人物，政府要么采取切实可行的办法来对其加以争取并让其归降，要么就使其同党中有人与之对立以削弱他的名望。总而言之，对各类反政府的党派集团实行分化瓦解，挑拨离间，或者至少是让他们内部之间互相争斗，不失为一种有效的方法。因为要是拥护政府的人内部离心，而反对政府的人内部反而是万众一心的话，那么将是十分危险的。

我们可以清楚地发觉，君主在嘴里无意中说出的刻薄的话，可能会点燃反叛的烈火。恺撒曾经说过："苏拉是文学上的外行，因此不能'口授文章'。"古罗马独裁者苏拉自行隐退的原因历来众说纷纭，拉丁文dictare兼有"口授文章"和"独裁"二义。这句话给他自己带来了灾祸，因为这句话完全隔断了人们对前途抱有的一线希望，也就是说在那个时刻他应该是自愿交出他的独裁者的地位。加尔巴因为那一句"我的士兵是征召的，而并不是买来的"而断送了自己的前程，因为这么说使得士兵失去了获得奖励的希望。普罗巴斯[1]也因为那句"如果我继续活下去，那么罗马帝国就应该不再需要士兵了"而毁掉了自己的前程，因为这句话让他的士兵们十分绝望。当然，还有很多类似的

①普罗巴斯，古罗马皇帝，为叛军所杀。

例子。但毫无疑问的是，在这些敏感的问题上和在那样不稳定的时代，君主们应该对自己的言行特别谨慎，因为简短的话一旦脱口，就好像射出的箭一般，被认为是有着很多动机。至于那些长篇大论，淡而无味，也就不会像简短的话语那样容易激起他人的注意。

为了提防一切可能造成叛乱的原因出现，君主身边需要有一个或者更多勇敢的谋士，他们可以在叛乱刚刚开始的时候就把它压制下去。如果在君主身边没有这样的人，一旦动乱爆发之后，朝廷中就会出现许多的恐惧和恐慌。而政府就会出现塔西佗所提到的那种危险："人们的脾气就是这样的，虽然没有一些人想要冒险做出这样邪恶的行为，但是许多人却渴望邪恶的行为出现并且会默许这样的举动。"[①]但是这样的心腹必须是诚实可靠的，而且还具有很好的名誉和地位，不是那种喜欢营私舞弊的，专门讨人喜欢的人。同时，他们还要和政府中其他大人物步调一致，否则的话，那治病的良药就会比疾病本身更有害。

①此言描述的是奥托宣布要推翻加尔巴时士兵们的心态。

论迷信

对于神，与其乱发谬论，不如缄口不言，乱言则为不敬，不言仅为不信，而迷信则无疑是对神的亵渎。而且，对上帝的无礼程度越大，对人的危害程度就越大。就像诗人谈论萨杜恩[1]的情况一样。对此，古希腊传记作家普卢塔克说得好，他说："我宁愿众人说世上根本没有普卢塔克这个人，也不愿他们说有一个普卢塔克，他在儿女一生出来时就把他们吃掉了。"

理性、哲学、骨肉亲情、法律和功名虽然不含宗教，却可以成为一种外在的道德原则，无神论把人类交托给了这些东西。但是，迷信是在人心里建立一种独裁的专制，并拆毁这些东西。所以，无神论使人克己自制，不问不关己的事，从来都没有危害过国家。无神论盛行时，如奥古斯都·恺撒的时候，都是文明盛行之时。但迷信却一直都是许多国家罪孽的根源，强烈地干扰了政府这类天体的运行，扰乱了正常的统治秩序。

迷信的主体乃是民众，凡有迷信之处，都是智者跟从愚夫，理论掉转次序地要对实践削足适履。

---

①古罗马神话中的农神，常被误会为希腊古神话中的克罗诺斯。该神因为听信其子将篡位，遂于儿女诞生时即吞噬之。

在经院派理论占优势的特兰托会议是由教皇于1545年召集的天主教第19次主教会议，力图联合各派势力打击宗教改革力量，并在内部实行调整。会期共历时18年，一些高级教士郑重其事地说：“经院哲学家就像是天文学家。天文学家知道这些东西是莫须有的，但是他们可以虚构出诸如离心圈、本轮及类似的轨道论用以解释天文现象。”的确，经院哲学家沿用此方法，创立了许多复杂、奥妙的原理和定律，用以解释教会的行为。

迷信的原因有多种：外观上，重形式和法利赛人式的一般被视为外表虔诚，内心冷漠的伪善之代名词虔诚；礼仪上，重愉悦和感官感受；人事上，主教们千方百计地谋算个人的野心或利益；传统上，重盲目信从和崇拜，以致给教会加重负担；心理上，一味追求仁慈，以致给自大和标新立异大开方便之门；历史处境上，时值蛮荒时代，同时又遇见了天灾人祸；神学观上，以凡人之心来揣度神圣之事，以致产生了混乱的妄想。

如同一只猿猴太像人就只会丑上加丑一样，迷信到了好似宗教的时候就更加丑恶了。毫无隐讳的迷信是一种丑恶的东西。同样，上好的典章和律例腐坏了就会变成烦琐冗长的形式，就如同新鲜的肉一旦腐坏而生出许多蛆虫一样。另外，对以往既成的迷信，当人以为避得越远越好时，就会出现为排除迷信而产生的迷信。因此应当提防的是，千万不要把好的东西和坏的东西一起去掉了，就如同清除体内病患的方法一样。而这种蠢事，在凡夫俗子出面实行改革时，就往往会干得出来。

论旅行

对很多年轻人来说，旅行应该是一种学习知识的过程和途径。而对于成年人来说，旅行则是一种丰富人生阅历和经验的最佳方式。

如果你想到其他国家去旅行，首先应该学习一些其他国家的语言，否则就谈不上去游历，而是去上学了。如果这些年轻人能够在导师的指导下旅行，他就可以很方便地了解其他国家的风俗。一个稳重的仆人也应该起到很好的帮助作用，因为他们能够告诉缺乏经验的年轻人，什么地方什么样的景物是值得观赏的，什么人是需要结交的，一个地方有什么风俗和规则是需要记住的。否则这个年轻人将会如同被蒙上眼睛一样，东走西撞，但是收获却很少。

在人们进行航海旅行之时，陪伴他们的只有广阔的天空和大海，这时人们就会用写日记的方式来充实时间。在航海旅行的时候，他们看到的东西除了天空就是海洋，但是航海家却总是坚持写那些航行的日志。相比在陆地上，新奇的事物层出不穷，人们却常常忘记用日记记录下所看到的一切。这是一件奇特的事情。难道偶然性的、机遇性的事物比应该认真观察的东西更值得记录下来吗？因为日记具有记事的作用，所以人们在旅行中更加应该坚持写日记。

旅行时我们应当观察的一些事物：君主的宫廷，尤其是当他们接见外国使节的时候；法庭与法律的实施情况；圣教的宗教法院、教堂和修道院；城墙或者关口的纪念碑、城堡、港口与交通、文物古迹和废墟、相关的文化设施，比如图书馆、高校、会议、演说（如果那儿有的话）；船舶和舰队，宏伟的建筑和美丽的公园；军事设施和兵工厂、弹药库、交易所、仓库等一些经济设施；体育，甚至骑术以及篱笆、士兵的锻炼、剑术、体操等等；富人常常到达的度假胜地；珠宝财富、礼服、戏院、艺术品和工艺品以及其他珍稀之物。总之，留心观察所到之处的一切值得永远保存在脑海中的事物。导师和仆人们要勤于打听并且妥善地进行引导。相比之下，有很多凯旋典礼、假面舞会、闹剧（盛行于宫廷中的一种诗剧）、宴会、婚礼、葬礼等十分热闹的场面，虽说不应忽略不看，倒也不必过于放在心上。

我认为作为一个年轻人，如果想通过一次时间和空间都十分有限的旅行，迅速获取知识，那么下面所讲到的事情是一定要看到并了解的。第一，在去异国旅行以前，尽量掌握所去国家的语言。第二，找一个了解异国情况的老师或者随从，或者其他能够起到类似作用的人。然后，可以让向导带上介绍这个国家情况的书籍、地图、卡片，因为这些东西能够相当好地描述旅行目的地的情况，那将是他旅行中获得信息的一个重要的方法。最后，一定要坚持写日记。不仅这样，当在一个城市或者小镇住下来的时候，在每一处逗留时间的长短，都要根据该地知识价值来决定，不要耽误太久。在某一地区暂住时，最好常常换住处，这样就可以更广泛地结识“各界人士”。而且在交际的时候，尽量避开本国人，设法接触当地名流。还可以到上层人士经常交际娱乐的场所去用餐，以便可以结识到旅行之地的上流社会和人士，这样如果在需要的时候你就可能得到他们的照顾。在各地旅行的时候，可以设法得到一些知名人士的推荐信，这样就能够在找寻风土人情或者认识各界人士的时候，利用知名人士的名声，使旅游消耗时间不多也能获益匪浅。

至于在旅行的过程中认识各界人士，对你最为有益处的是结识各国使节的秘书和随从。与他们的交往能使你即使只到一国，却能了解很多国家的情况。在旅行的时候，还可以去访谈一下当地居住的名人，特别是那些名气传到国外的，这样就可以知道他们的实际情况与他们的名望是否相符合。

一定要注意避免搅和到纠纷和斗争之中。一般来说，这种争吵和决斗的原因常常是争夺情人、位置、财富、年轻气盛或者是语言过失。所以，一个人在待人接物上必须小心谨慎，以避免发生没有必要的纠葛，特别在和那种性情容易冲动、喜欢争吵的人交往时更要这样，否则他们将把你拖入是非纠葛之中，使你喘不过气来。

在旅行结束回到家里之后，不要把已旅行过的异国他乡都抛在脑后，应当继续通过写信与那些已经结交的而且有裨益的友人们保持联系。此外，这次旅行的收获更多的应该体现在一个人的言谈和举止之中，而不是仅仅在于改头换面的一身异国装扮以及异国的手势风俗。在谈论旅行情况的时候，最好只是回答问题而不是自己夸奖。同时，不要使自己看上去只是一个出国就忘记家中风俗礼节的人，而应当吸取一些外国的精华，把别国的优良事物结合到本国的风俗之中。

论君主

世界上有这样一种人，他们对很多事情都提不起兴趣，面对一些事情又总是愁眉苦脸，这实在是一种可怜的状态。但这往往就是君主们的处境。君主们拥有尊贵的地位，没有什么欲求，加上他们身边时时刻刻都会有钩心斗角出现，所以心境也就更加开朗不起来了，因此他们的心里反而会更加郁闷。这也正是《圣经》所谓的“君王的心是深不可测的”[①]原因之一。无论是什么人，如果猜忌太多，而且又没有什么特别有效的可以支配和调动他情绪和欲望的东西，那么他的内心就会变得难以捉摸。

明智的君主往往会在空虚的时候为自己制造欲望，例如设计一座亭台楼阁，组织一个社团，提拔一个臣仆，学习某种技艺等，为的是逃避这种可悲心态的出现。尼禄王爱好演奏竖琴，图密善王射箭技术很高，康茂德王热爱剑术，卡拉卡王喜欢骑马飞奔等等，[②]都是很好的范例。为什么君主不关心国家大事，却爱好这些雕虫小技呢？这在有些人看来似乎是很奇怪和不可理解的。

---

①见《旧约·箴言》第二十五章三节。

②以上四人均为古罗马暴君。

在历史中我们还会发现，有些君主早年英姿勃发，所向无敌，但是到了晚年却陷入了迷信和阴郁的境地。亚历山大大帝和德奥克里王就是这样。再后来还有查理五世也是如此。这是因为一个已经习惯于叱咤风云生活的人，当他们一旦进入无所事事的寂寞境地时，就难免会走向颓废。

现在我们再谈谈关于一个君主所应该拥有的真正气质。正常的气质和紊乱的气质各自都包含矛盾，但把相反的事物随意地混合起来是一回事，而把相反的事物进行互换则又是另外一回事。君主的真正气质是一种世间罕见的东西，并且很难长久保持。韦斯巴芗问阿波罗尼奥斯："尼禄为什么会被推翻？"他给韦斯巴芗的回答充满了很好的教益。他回答道："尼禄很擅长弹拨竖琴，但是他在治理国家的时候，有时会因用力过大而把琴的弦轴调得太紧，而有时却又把弦轴调得太松。"无疑，最能毁灭君主权威的，即有时过分地压迫、有时又过分地放松，莫过于运用权力时的不平衡和不适时的任意互换。

在面对迫在眉睫的危难和祸患时，近代的君王会采取消灾或避难的计策来巩固其统治，而不是寻求防患于未然的根治方法。但是，这样做其实更大程度上是在和运气比试高低，而且，应当提防的是，因为谁也不可能阻止火星跳到干柴堆上，也不能够确定它会从哪儿飞出来。因此不应当忽视或姑息那些可能会引起动乱的因素。君王巩固他们统治的困难很多也很大，但是其中最大的困难往往是在他们的内心。塔西佗说君主们做出一些彼此之间相互矛盾的决定是司空见惯的事情，因为君王们的欲望通常都是强烈而又自相矛盾的。权力的误区就在于其对目的是向往的，而对过程却又是不能忍受的。

但是在另一方面，作为君主，他的敌人似乎举目皆是——无论是邻国、后妃、儿女、贵族、绅士、僧侣、平民还是士兵，稍有不测，都有可能成为仇敌。在这里我们先来讨论一下关于邻国的事情。与邻国的关系会随着形势的变化而变化，但无论怎样变化，却有一条是永恒不变的，这就是：要自强不息，警惕你的邻国的实力超过你。

在英国国王亨利八世、法国国王弗兰西斯一世和神圣罗马帝国皇帝查理五世三雄鼎立的时代，无论是哪一方得到哪怕是巴掌大的一块领土，其余两方也会马上着手来瓜分，三个国家之间就是这样互相监视，必要时还会诉诸战争，他们绝不会以牺牲本国利益为前提来换取和平。与上述情况相似的还有由那不勒斯王斐迪南、佛罗伦萨共和国的掌权者洛伦佐·德·美第奇和米兰大公爵卢多维科·斯福尔扎所结成的联盟。某些经院哲学家对战争的见解其实并不可信，他们认为战争的原则是人不犯我，我不犯人。这些整日埋头于书堆之中的学者，哪里会想到，对潜在危险的恐惧也可能成为发动战争的正当理由，即使那种危险暂时还没有变成现实。

我们再来看看帝王们后宫的妃嫔。她们中一些人的性格是极其残酷的，苏莱曼一世的妻子罗克萨拉娜，造成了那位著名的穆斯塔法利·苏丹王子的死亡，并在其他方面搅乱了他的家庭生活和皇位继承计划；利维娅毒死了她的丈夫，从此声名狼藉；英格兰爱德华二世的王后，在她的丈夫被废黜和被害的过程中起了重要的作用。因而，在妃嫔们想要扶持自己的孩子继承王位时，或者是在她们有了外遇的时候，是最有可能产生这样的危险的。

关于子女的问题，来自他们的危险和由他们所引发的悲剧，同样一直是层出不穷的。不管怎么样，父亲对儿子充满了猜疑毕竟是不幸的。我们在前面提到过：穆斯塔法的死葬送了苏莱曼王族。因此，土耳其王位的继承，从苏莱曼之后直到现在，都有不正统的嫌疑，其中谢里姆二世就被看成是私生的。一个非常有出息的青年王子克里斯帕斯被他的父亲君士坦丁大帝处死了，这也同样毁掉了他的那个王室。因为君士坦丁大帝的另外两个儿子，康斯坦丁那斯和康斯坦斯，都死于非命。而那个叫作康斯坦修斯的儿子，他虽然是病死的，但下场也不怎么好，不过那也是在尤里安与他同室操戈之后的事情了。马其顿国王腓力五世的儿子德默特里厄斯的死，让他的父亲得到了报应，他父亲也因此在悔恨中死去。还有很多相类似的例子，例如苏莱曼一世征讨巴雅泽提，以及英国国王亨利二世征讨他的三个背叛他的儿子。但是作为父亲是绝不可能从这种不信任中得到好处的，除非是做儿子的公然举兵进行反叛。

高级教士的妄自尊大也可能给君王带来危险和造成威胁，就像当年那两位坎特伯雷大主教安塞姆和贝克特。他们曾经试图用主教的权杖与君王的利剑抗衡，而不幸的是他们遇到了几位顽强而自信的君主：威廉二世、亨利一世和亨利二世。这种危险并不是由教会本身所造成的，而是因为教会有国外的势力撑腰，或是因为神职人员的选择和任命不是通过君主的钦命，或是凭借平民百姓的盲目的拥戴。

至于贵族们，君主不应当和他们太接近而是应当保持一定的距离。但如果要是过于压制他们，也会给国家的政治带来危险。关于这一点，我在《亨利七世传》中曾经讨论过，因此在他那个时代，由于亨利七世一直与贵族阶层是对立的王权始终面临着挑战和危险。贵族们表面对他保持着恭顺，而事实上却不肯与他合作，使他陷入了一种十分孤立无援的处境。

那些职位较低的贵族作为一个组织松散的团体，他们有时喜欢高谈阔论，但却是无伤大雅的，通常是没有什么危险性的。他们还是一种可以制衡上层王公大臣们的力量，使其发展不至于过分强大。总而言之，作为最直接的也是最接近人民的有权势的阶层，他们能够最有效地舒缓民众的不满。

至于从事商业活动的商人，他们就像是国家的主要动脉，对商人收取重税对于君主的收入是没有太大好处的。如果主动脉血量不是很旺盛的话，那么这个国家即使有非常健全的四肢也难免会出现供血不足的情况。原因很简单，如果各项税率过分增加，就会使商业贸易的总量大大减少，导致的结果就是从小的地方得到的将会在更大的地方失去。

对国家中的普通民众，尤其是对他们中间的那种精英人物要特别加以注意。只要君主不对人民的生活、风俗、宗教信仰过分粗暴干涉的话，如果没有明智果断的人来发动和领导，人们是不会闹事的。

再谈谈军人和军队的问题。不要让他们对犒赏习以为常，那将是非常危险的。要使他们保持着一种相对封闭的团体生活，对此，我们可以从土耳其禁卫军士兵和罗马禁卫队中得到印证。但是，训练军人，经常调换他们的长官，并且把他们分而治之，对犒赏把握分寸，那么他们就会成为保卫国防的力量，而且是不会有危险的。

君主的出没决定了人间的四季轮回，他们就像是天上的星宿，因此受到世人的崇拜。但是，君主也如行星一样必须周天运行而不能停止。以上关于君主权术的所有论述，最终都可以归纳为下面的两句话：“首先，请不要忘记君主也是一个凡人。”其次，“但也应该注意，君主既是人世间的神，又是神的意志在人世间的体现。”第一句话是在告诫君主，让他们明白他们的能力也是有限的。而第二句话则是在提醒他们，他们所做的一切都是他们的责任和使命。

论进言

人与人之间进行交往，也就有义务给别人提供有益的建议和意见。其他事务中，我们所能够拜托的，只不过是生计的一小部分而已，如田地、物品、孩子、信用以及某些特殊的事情。可是对那些被视为可以出谋划策的人，则是能够将身家性命托付给他的。由此看出，这些谋士也就更有义务保持忠义和信守诚实。明智的君王无须认为，听从臣子的忠告会有损于他们的伟大，或者会贬损他们的能力。上帝本人也并不是不接受别人的劝说，相反，他一向是把劝告作为自己的圣子的伟大的名字之一。[①]所罗门曾经讲过："劝告是保持稳定的前提和最好的保证。"[②]所有的事情都会经历开始的刺激和再次的刺激，如果不事先进行商议就会被无情地扔在命运的波浪当中，而且会遭遇了很多的矛盾，就像是有一个醉汉在踉跄而行一样。所罗门的儿子发现了劝告的力量，正好像他的父亲看到了劝告的必要性一样。因为上帝所十分喜欢的王国是被坏主意给糟蹋得四分五裂的王国，在这一点上，有两种方式总是能够把坏主意分辨出来，所以对于我们是不无教育意义的：就人而言，年轻人想出的那些主意往往要慎重；

①见《旧约·以赛亚书》第九章六节。

②《旧约·箴言》第二十章十八节。

就事而言，主张暴力的主意要三思后行。

古人曾用很多形象生动的故事阐明了这个道理：君王与智慧是融为一体的，君主是不是有智慧与他们能不能接纳忠言是不可分离的。一个故事是说所有神灵的主宰朱庇特曾经娶了智慧女神墨提斯作为他的妻子，也就是说君权总是与智慧联姻的。第二个故事就是第一个故事的延续，是说墨提斯与朱庇特结婚后，不久就怀孕了，但是朱庇特还没有等到她分娩便将她吞吃下去了，于是朱庇特自己就身怀六甲，最后从他的头颅里面生出了全身披挂的帕拉斯女神。

这段看上去荒唐的故事中其实隐藏着一个君主治国的法宝，那就是君主应如何巧妙地利用朝廷上的一些争论。他首先应该把需要决定的事情交给他的顾问团去讨论，这就好比故事中最初的怀胎或说是受孕。但是当他们所讨论的那些事情已经在智囊的“子宫”中孕育并渐渐生长快成形的时候，君王就应该及时让策士谋臣中止，而不让他们开始“分娩”。这就不会显示出实施这件事情非要这些智囊不可，从而将他们所讨论的这件事收回到自己的手里，并让公众觉得最后颁布的诏书谕旨都是出自君主本人。这不仅可以显出君主的绝对权威，而且众人还会认为君王是十分足智多谋的，借以提高君王的声望。

对于一个国家来讲，开放言论通常有它的缺点，那么我们就应该实施相应的办法进行补救。首先，开放的言论会让国家的秘密很难得到很好的保守。其次，众说纷纭常常会导致削弱君王和国家的权威。再次，难免可能会有人为了自己的私人利益而提出一些不利于社会发展的建议。为了防止这三种弊病的发生，法国曾实行过意大利人所提倡的那种“秘密内阁”制度，那就是将对国政的议论权力只开放给少数人。但是，这种制度所带来的弊病可能比公开那些言论的弊病更大。

说到保密，我们必须清楚，君主并没有义务将所有的事情都告诉他的顾问，而是可以有所选择地传达。而哪些是他必须要做的事情，他也是没有必要找人商量，同时也没有必要把他要做的事情全部都宣告出来。但是君主还是应该小心翼翼，千万不要把将要做的秘密透露出来。至于内阁会议，他们所信奉的座右铭就应该是：“我充满了漏洞。”[①]因为有一个以泄密而感到光荣的多嘴的人，所造成的危害也将会大于许多守口如瓶应该保守秘密的人。

确实是这样，某些需要被极端保密的事情，应该是除了君主之外，也就只能让一两个十分亲近的人知道，谋士少一点也并非不好，因为，除了保密之外，他们通常还可以保持一直不变地按照一个方向走下去，不会受到干扰。这也就是说，他一定是一位非常谨慎的君主，他也一定是个有耐心用手转动石磨磨面的人。而那些参加机密讨论的也必须是非常明智的人，他们应当是最值得君主信赖的谋臣，他们对君主应该有着绝对的忠诚。英格兰国王亨利七世就是这样的一个君主，他在处理最为重大事情的时

①古罗马喜剧作家泰伦提乌斯之喜剧《阉奴》第一幕二场。

候，除了将少量的机密告诉给莫顿[①]之外，从来不透露给其他的任何一个人。

关于君主的名誉和权威受到削弱的问题，上面的论述已经给出了一些补救的办法和措施。因此，当君主们在广泛接纳进言时，他的威严与其说是被削弱了，还不如说是增强了。所以从来没有哪个君主，是因为有了进言的这些人而失去了他所信赖的人，除非某个谋士过于受到君主的依靠或者是几个谋士拉帮结派，但是这种情况很快就会被发现并予以纠正。

再说到最后的那个弊端，谋士的进言未必都是善言，人们通常是从自身的利益出发才会献谋献策的。世界上有的人生性忠厚、诚恳、朴素、直爽，而不会狡猾奸诈和拐弯抹角，君王应当首先收拢这样的忠义之人。此外，谋士们通常可能不会很团结，他们往往是互相提防的。

因此，如果有谁为君主出谋划策只是为了小集团的利益或自己的想法的话，那么多半也会传到君王的耳朵里。

因此最好的补救方法就是，君主要想了解他的谋士，就像谋士要清楚他的君主一样，那么“君王的德行中最可贵的一点就在于善于识人和善于用人。”[②]另一方面，顾问也不可以对他们的君主的为人作风过分地充满好奇。一个顾问的真正要求，是要了

①亨利七世时任过坎特伯雷大主教、大法官等，福克斯亨利七世时任过威斯敏斯特大主教，枢密院顾问等。

②古罗马诗人马尔提阿里斯之《铭辞》第八卷十五首。

解主人的作为而不是主人的性情，只有这样他才会善于进言，而不是一味地去迎合主人的喜好。君主应该不仅能够个别地征求顾问的意见，又能够征求他们集体的意见，这样做才是非常有利的。因为顾问在私下中可以发表自己的意见，而且在别人面前提意见则会受到更多的尊重。在私下里，人们将会更加大胆地发表自己的想法，和他的主人推心置腹。而每当大家在一起的时候，大多数情况下会受到别人的心境的影响。因而，将两者兼顾起来十分有益处。听取低级顾问的意见时，最好是在私底下进行，为的是让他们畅所欲言；而在听取这些高级顾问的意见时，则最好在公开的场合下进行，因为只有那样才会让他们感到自己的意见受到了尊重。但是如果君主只是在一些事情上可以听取进言，而在关于人的问题上却不能够获得进言的话，那么他们将是徒劳的，因为所有的事情就像没有生命的图画一样，而事情实施的关键，则是在于用人的慎重得当。

在对于人的选择和任用上，如果是用阶级作为标准的话，那会是非常不明智的做法。“最好的进言人就是死去的人”就是这个意思。每当顾问们准备唯唯诺诺的时候，书籍中往往会说得很清楚明白。所以阅读大量的图书是十分有好处的，尤其是那些曾经在政治舞台上表演的“演员”所写出来的书。

现在，很多的议事机关只具有形式上的表决作用。他们只是附和着一些政策而不是参与修订和遴选政策，这对政治上的一些事情将是十分不利的。在讨论重大问题的时候，最好留给议事机关一些充分思考的时间。俗话说得好：“过一夜可能就会有灵机妙算了。”比如在关于英格兰和苏格兰是否应当进行合并的问题上，议会就曾经采用过这样的手法。

在议会决定为一项事业成立专门委员会的时候，其实任用那些没有偏见、保持中立的人比任用有一些私心和想法的人要好得多。但是我坚持认为，建立一些常设性的专门的机构还是十分有必要的，例如在贸易、财政、军事、法律等专项上设立机构。因为这些问题的解决急需一批具有丰富知识和经验的专家，并且需要政策的持续性和稳定性。这些专门委员会应当承担审查的责任，借助仲裁管理职权范围内的各种报告和控诉。然后，再把那些有必要请议会进行复审的重大问题提交议会。但是提交委员会的讨论的时候是不能够让过多的提议者参加的，以免形成要挟的不利局面。

在议会中座位排放的位置，似乎只是一件有关形式的小事，但是其实并非如此，因为坐在长桌上的首要位置，事实上也就是处在一种决策的位置。当君王在主持一次讨论的时候，大家应当注意，在讨论发生的过程中，不能够事先泄露自己的倾向，以免给参与者一些暗示或者压力，让其他参加会议的人不好意思再发表自己的意见。这样一来，讨论恐怕就只能听到一片“我主英明”[①]的赞美之词了。

---

①见拉丁文本《圣经》中《诗篇》第一百一十四篇九节。

论迟误

命运就好像集市，集市常常会有多等一会儿就会降价的便宜事儿。与此同时，命运在另一个方向也像西比拉的开价卖书一样，先是将一整套①叫卖，随后就是一部分接一部分地减少卖，但仍坚持索要和之前整套同样的价钱。正像俗语说的："机会这个女人，她先把前额的头发显现给你抓，而你如果抓不到的话，她就转而变成秃头让你看了。"②或者，机会至少会先给你个瓶子把儿让你去拿，如果你不拿的话，它就再扔给你一个十分浑圆的瓶肚让你去抓住，但是那是很难拿稳的。在事情的起初和开端，就把握好机遇，才是最为聪明的。

起初看危险并不是很大的事，其实危险可能已经不小；被骗其实要比被强迫的危险大得多。不仅如此，尽管危险还没有迫在眉睫，最好还是要迎头而上，半路阻击，而不要眼巴巴干等它接近，因为人如果看久了，倒有可能懈怠了。另一个极端是当月光照在敌人的背面的时候，就会有很长的影子使人受蒙蔽，就会出

---

①据称那套书又名《西卜林书》，是古罗马一部神谕集。相传由女预言家西比拉所著并售与古罗马王政时代塔奎尼乌斯。

②古罗马作家加图的《道德箴言》第二卷。

手反击，或者因出击过早而导致危险。

像上面所说的，时机是不是成熟一定要时时进行权衡。一般来讲，凡是有特别重大的行动，最好派号称百目巨人的阿尔戈斯一马当先，再派号称百臂巨人的布里阿柔斯在后面快击。前者会当机立断，后者会速战速决。明智的人可在隐形的普路托①之盔中得益，这盔可让策划隐而不宣，让行动雷厉风行。因为当事情到了不做不行的地步，迅雷不及掩耳这样的计划就是最好的隐秘之术；就像一粒子弹在空中疾驰而过，速度之快，是人眼所不能看到的。

①罗马神话中的冥王。

论狡猾

狡猾被看成是一种欺骗而邪恶的聪慧。狡猾的人和聪慧的人当然存在天壤之别，这些区别不仅仅是在是否诚实上，而且也存在于能力上。有些人会洗牌，但是打得不好；同样，有人善于结党营私，但在其他方面却是软弱无能。精通人情交际是一码事，擅长处事待物又是另一码事。许多十分精于察言观色的人在处理实际的事务上却不能令人满意，这就是钻研人多过钻研书之类人的惯病。这种人与其说是适合出谋划策，还不如说是更适合于耍弄诡诈；而且，他们的特长只合适用于他们熟悉的环境。让他们去试探一下陌生人，就什么都摸不着了。以前曾经有这样一条辨别愚智的准则："把他们两个脱光了送到陌生人面前去，你就看明白了。"这些方法对于这类人恰好适用。既然如此，鉴于这些狡猾的人好像杂货铺的贩子一样，我们不妨将其货色陈述出来。

狡猾的特点之一，是在与人谈话的时候会对人家察言观色。就像耶稣会士[①]在其会规中所讲的一样：世上有许多聪明人心里藏得住事情，但是脸上却藏不住。不过，在察言观色的时候，也

①天主教一主要修会，其目的是反对宗教改革，重振天主教会，维护教皇权威。

要像耶稣会会士的做法一样，有时要一本正经地低下双目。

另一个特点是，当你有急事要立刻处理时，先要对你所交涉的对象东拉西扯些其他的话，让他无所戒备地去完成你的请求。一位担任顾问和书记员的人，当他拿着许多文件来请伊丽莎白女王签名批复的时候，总是无一例外地和女王谈论一下当下的国事，这样，她就不会太在意那些文件了。

当人在忙乱的时候，不能认真考虑的时候，趁热打铁地对他做出相应的建议，可以达到同样出其不意的效益。

如果因为担心其他人会巧妙而有效地提议某事，想要对其加以阻止的时候，最好就是假装自己很赞同该事，并主动提出建议，但是这些提议却要用使其不能得逞的方式提出来。

有人话到嘴边却突然收回去，好像有所克制一样，这就更能撩起你对所谈话题的兴趣，让你更想去寻根究底了。

无论什么样的话，假如是在追问之下得出来的，总比你主动倾诉出来的要更加具有吸引力。因此，你可以设下一个诱饵，方法是摆出一副不同寻常的面容，好让别人有一个关心你如何变色的时机。就像尼希米所做的那样："我素来在大王的面前没有忧愁。"①

对于难以启齿和令人不快的事，最好先让人微言轻者先说出，以打破僵局；并且让那些说话有分量的人装作碰巧了的样

①《旧约·尼希米记》。

子，以使被人问及时能够及时提出看法。纳尔西索斯在向克劳狄亚斯举报梅萨丽娜和西鲁斯的婚事[①]时，就是这么做的。

对于不想让自己牵扯进去的那些事情，一种狡猾的方法就是借用其他人的名义，比如说“人家说……”或者说“外面有人说……”。

我曾经认识一个人，他写信的时候，总是把最紧要的事情写在附言里，好像那是一件捎带着要说的事情一样。我还认识一个人，他说话的时候，总是跳过他心中最想说到的话，先向后说，然后再折回来说，好像是在讲一件差点要忘记的事情一样。

有人为了说服别人，就在等着对象出现的时候，故意装出惊异的样子。还让来人看到他的手里正拿着一封信，或者做着一些不经常做的事，好等到那人问起，然后自己就可无所不谈了。

狡猾还有一种最大的特点，就是自己散布一些话，让别人去学舌和散播，然后再从中得利。我知道在伊丽莎白女王的时候，曾经有两个人去竞争一个大臣的职位，他们的交情不错，而且常在一起商议。其中有一个说，在王权衰落的时期出任大臣是一件苦差事，所以他对此不太热衷。另外一个立刻就借用了这些说法，同他的很多朋友高谈阔论，说他没有充分的理由在王权败落的时候当一个大臣。先前的那个人便抓住这个话柄，并设计传给

①纳尔西索斯，是古罗马皇帝克劳狄亚斯的侍臣，闻知皇后梅萨丽娜欲与西鲁斯秘密成婚，又不敢直陈皇帝，便先遣两名宫女向皇帝告密，然后自己再做详责。见塔西陀《编年史》第十一卷二十九、三十章。

女王。女王一听“王权衰落”一说，十分反感，从此之后，她就再也不愿听取另外那一个的上奏了。

还有一种狡猾，我们英国将人其称为“锅里翻饼”，就是把自己对别人说过的话，硬说成是别人对自己说的话。说实话，像这种发生在两个人之间的事情，谁是最开始做这件事的人确实说不清。

有人有这么一个招数，就是善于含沙射影，在他的对手面前故意对旁人自我开解。譬如说：“我才不会干这种事。”暗示听者他的对手会干这种事。正如当年提吉利努斯①在尼禄皇帝面前影射布鲁斯那样。②

有人收集了许多奇闻趣事，当他们需要暗示一些事情的时候，便把它编进一个故事里，这样做不仅可以保全自己，又可以让听者对这些津津乐道。

有人会故意设问并引导对方的思路发展为自己希望得到的结果，也确实为狡猾的特点之一。因为只要这样做，对方就不会固执于对方的想法而会很自然地接纳了。

不可想象的是，有人在表达想要提及的正题之前，通常会等待很长的时间，东拉西扯地把话题绕来绕去。这样做是需要很大耐心的，但却十分有用。

一个突然发生的、大胆而出人意料的问题，确实在很多的情

①提戈里努斯，古罗马皇帝尼禄的宠臣。

②见塔西佗《编年史》第十四卷五十九章。

况下可以让人措手不及、不设防地袒露他们的心态。就好像一个隐姓埋名的人在圣保罗大教堂漫步的时候，另一个人突然来到他的背后直呼他的名字，他就会立刻回头看看是怎么样的情况。

这些狡猾的小把戏是数不胜数的，将它们罗列一下却是一件好事情。因为在一个国家之中，危害最大的，莫过于错把狡猾充当了聪明。但无疑是，有人对这些事情是知其然，而不知其所以然，就像一幢房子可能有便利的楼梯和大门，却没有合适的房间一样。所以你可以看到，这样的人有时在结论上虽然歪打正着，但是却一点也不知轻重或分辨全局。然而，他们通常却因为平庸而捞到好处，还会使人相信他们是栋梁之才。有人做事主要在于糊弄他人，用我们现在的讲法，就是靠耍手腕，而不是靠自己脚踏实地。但所罗门说："通达人的聪慧，在于明白自己所要做的事情，愚蠢人的虚妄，乃是诡异和狡诈。"①

①《旧约·箴言》第十四章八节。

论自私

蚂蚁是一种善于为自己谋划的动物，但在果园或庄园，显然是一种有害的东西。所以，过于自私自利的人就如同蚂蚁往往会损害公众的利益。人应当借着理性不仅做到自爱又爱人，不自欺也不欺人，特别是对君王和国家更要这样。

人们应当理智地辨别私利之心与公利之心。在为自我利益打算时，不要损害其他人的利益，特别是不能危害君王与民族的利益。

就像地球以自己为中心旋转是一样的道理，人也难免总是要把自己作为行动的轴心，可是还有一个更强大的中心是高于我们自己的利益之上的，那就是宇宙万物中那个息息相关的天堂，这个天堂是以很多他人的利益为轴心而进行旋转的。①对于一个君主，他的自私尚可容忍，因为他的利益不仅仅属于他一个人，也代表了国家的利益。但作为一个君王的臣民或者一个国家的公民，自私自利一定是一种极坏的品质。因为不管什么事情发生，就一定会被他们按照自己的私利加以扭曲，其后果只会危害国家和君王。

①培根时代，人们相信托勒密的“地心说”。

所以，君主和国家在选择臣子的时候绝不可以挑这种人，除非任用他们有不能替换的价值。但是在那样的情况下，也不能让这种家伙大权独揽，而只能让他们作为一个帮手。一旦让这种自私自利的人得势，他们将会把自身的所有私利置于君主、国家的利益之上，可能会为了私利而牺牲民众利益，成为无耻的贪污腐化之徒。那些自私的政府官员、大使、财政官员、将军，还有其他很多虚伪腐败的国家公仆，偏离了他们固有的职责；用一些他们自己的微不足道的利益和羡慕、嫉妒等情绪，取代了君主和人民的重要利益。俗话有云："烧掉所有人的房子，只是为了煮熟自己家中的几个鸡蛋。"这正是一切极端自私之徒的天性。但往往这种人最易于取得君王的宠爱。因为他们的伎俩就是通过不择手段地向君王献媚取宠，而实现目的，获取利益，只要他们的目的能够达到，就会更加旁若无人地胡作非为。

自私者的那种小聪明，有很多种形式，但归根结底都是一种极其卑下的聪明。老鼠式的小聪明是自己打洞掏空了房基，而在房屋即将倒塌之前就逃之夭夭；狐狸式的聪明是欺骗其他动物来为它挖洞，洞一挖成就把那些动物轰走；鳄鱼式的聪明是在马上吞噬落入口中猎物的时候，却假情假意地流下悲哀的眼泪。西塞罗在评论庞培时说："只爱自己的人，终究将遭遇不幸。"因为他们时刻都在谋算自己的利益，为了自己而牺牲他人，到头来命运之神只会使他们沦为反复无常的命运的祭品。要知道，人不管怎么精明，怎么为自己打算，毕竟也逃脱不了命运之神的手心。

论革新

人刚出生时的样子往往是不美的，改革创新中的事物在出现伊始也是这样的。

不过，尽管这么说，最先创业的人，多数都要比继承者要强。开风气之先河的榜样也难以被后世所仿效。

因为要是陷入了堕落的人性中，那么罪恶就像是一种自由落体现象，动能在下落到最底部的时候反而最强；而善良就像是一种抛物的现象，动能在最初的运动时是最强的。

每一种药物都是一次革新，那些不愿意使用新药的人，一定躲不过新病。唯有时间才是最了不起的革命家。假如在一个又一个的疗程中，事情随时间逐步恶化，而人又没有良计良策使它好转，其结果更是不堪设想。

确实，很多习以为常的事物，即使有缺陷但是也可以因为惯性而不断地坚持。而且长期在一起相濡以沫并行的事物，看上去相互衬托，所以新的事物很难融入其中。新生的事物固然会因为它的特长而更加富有功效，但却又因其与旧环境的不协调而经常招致麻烦。还有，新生的事物就像客居他乡的外来人，羡慕的人比较多，但是追随的人则比较少。

在时间静止不变的情况下，这些话当然都没错。但历史是滚滚向前的，若一味地墨守成规，也会像革新一样成为致乱之源。对于古时代的过分推崇，只会成为新时代的笑柄。

所以，人们在革新之中应当遵循时间本来的规律。时间确实经常使事情天翻地覆，却犹如润物细无声，神不知、鬼不觉。凡事都是有人得到、有人失去，有得者可视之为幸运，将它的功劳归于时间；而有失者则视之为冤屈，将它的失误完全归于革新者。

因此在政治上，如果不是势在必行或者是功效卓著的话，最好不要推行新政。并且一旦施行也应小心谨慎，改革一定会带来变化，但改革并不是出于喜新厌旧才提倡。最后，对新奇的事情虽然不是一定要拒之门外，也应该将有所警惕，且按《圣经》所说：“我们站在古道上，放眼四周，如果见有合适大道，就会行在其上。”①

①《旧约·耶利米书》第六章十六节。

论利落

假装利落可谓做事的大忌之一。它就好像医生所谓的狼吞虎咽或过快消化一样[①]，免不了会让体内残留还没有彻底被消化的食物，以及各种各样察觉不到的致病缘由。所以，衡量是不是迅速，不能以开会的次数为准，而应当用工作的进展程度为衡量标准。比如在赛跑的时候，脚步跨得特别大或者两腿抬得特别高，不一定就跑得特别快。在工作上也是这样，一心一意地做事而不一味地贪多才会做得特别利落。有些人总是为了要强充自己是一个利落的人，急着要把事情都干完，或者想用取巧的方法将还没完成的事草草地对付了。然而，做事紧凑省时是一回事，因为偷懒而减少工作时间是另一回事。而且，用这种因为偷懒而减少工作时间的方法开很多次会来处理一定的工作，只会使其来来回回，反复无常。我曾经认识一位智慧的人，他见人家急着要做出结论时，就会有这样一句口头禅："慢慢来，我们就能早些做完事情了。"

另一方面，名副其实的利落乃是一件十分可贵的事情。因为，就像金钱是衡量商品价值的标准一样，时间也是计量办事效率的准绳。所以，如果做事不够利落，就要付出很大的代价。斯巴达人和西班牙人一向以慢条斯理出名，"让我的死神从西班牙

①用模拟消化过程的加工方法对食物进行预先处理，一般用于伤病员。

来吧”，说的就是希望死亡来得慢一些的意思。

应当多多听取那些在工作上提供第一手资料的人的建议。而且，如果要做一些指示，就要在他们发言之前进行说明，不要在他们的发言中插话。因为发言者被打乱思路就会颠三倒四，重复旧题，比顺着思路一气呵成要更加啰唆。有时十分常见的情况就是，一个喜欢插嘴的主持人比一个啰唆的发言人还要烦人。

说话重复，多半是在浪费时间。但是，反复阐述问题的重点却最能节约时间，因为这样一来就会省掉了很多随口说出的废话。发言不宜拖泥带水，否则就像赛跑的时候披着长袍和大衫一样。开场白、绕圈子、自己说话都是十分浪费时间的。而且，这些话虽然看上去谦恭有礼，实际上却在摆花架子。然而，当人们有意见或者是抵触时，要当心说话千万不可过于直接，因为与怀有先入为主的人对话，总是需要有一定铺垫的，就像用热敷法使药膏渗入才能生效一样。

利落的关键问题，在于做事有层次，分门别类以及重点突出。做事如果不分门别类就会永远都做不彻底；但是如果分得过于仔细则会永远都搞不清楚。做事把握时机就是节约时间，不合时宜的行为只能是徒劳无功。做事有三个步骤：筹备、论证以及执行。你如果想要做事快速的话，在这三步中，只有中间这么一步较多人参与，而在一头和一尾的两个步骤中，应尽量让少数人参与。事先拟定好方案，并且按照这个方案做事，这样做起来就会提高效率。就算事先拟订的方案被完全否定，也要比漫无边际更有助于确定自己的方向，正如炉灰还可以作为肥料为植物提供生长养料，而尘埃却没有任何作用了。

论假聪明

人们素来认为，法国人的聪明藏在内，西班牙人看似精明，实际上并非如此。无论此种说法是否成立，只消坦率地互相比较一下，这些说法也算符合事实。

这正如圣保罗谈起虔诚一事：“有虔诚的外貌，行为却与虔诚的意义背道而驰。”[①]有些人看似聪明能干，却做不了或很少去做正经事：“杀鸡还需要去借一把牛刀。”这种中看不中用的绣花枕头般的人招式繁多，意图将表面的肤浅打扮得博大精深，可这种把戏在有识之士看来，乃是一出笑料百出的闹剧。

有些人则谨小慎微，把自己的思想藏得严严实实，好像他们不愿使其口袋里的货色摆上橱窗，凡事总是要给自己留一手；当他们自知对所谈论的事情一知半解时，却依然在他人面前显出一副他们不是不懂，只是不能言传的样子。

有些人要靠表情和手势，使他们显得精明。如同西塞罗嘲讽皮索[②]那样，说他：“你把一条眉毛高高地挑上额头，把另一条

---

①《新约·提摩太后书》第三章五节。

②恺撒之岳父，公元前五十八年任执政官时曾与保民官克劳迪乌斯一道控告西塞罗违法，使之流亡于希腊、马其顿等地。

眉毛几乎撇到下巴，以此来表明对残酷的否定。”

另外一些人则坚持不懈地以为用豪言壮语就能显得雄辩非凡，并把自己无法证实的事咄咄逼人地当作不容置疑的真理。有些人对于他们理解不了的任何事都装出一副不屑一顾的样子，讥讽为无聊或莫名其妙，并借此以无知无畏来冒充卓有见识。

还有些人总少不了和别人争执，为了哗众取宠，他们往往大多以花言巧语来混淆视听。亚·戈利乌斯曾嘲笑这种人是“靠花言巧语坏了大事的傻瓜”[①]。在《对话录》中，柏拉图也曾谈起这种人，普罗迪库斯成为他讽刺的对象。柏拉图让他作了一篇演讲，他故意从头到尾使用各种怪异词汇，语不惊人死不休。这种人通常在各种会议中以吹毛求疵为乐趣，而且喜欢扮演事先就洞悉一切困难并以反对的角色来博得智慧的名声。其实，各种提案被否决对他而言才是如释重负，万事大吉，否则就得去干一堆新的工作。这种小聪明实乃事业之祸根。

一言蔽之，就像背运的生意人或破产的富豪处心积虑要挽回面子一样，这些不学无术之人非得靠投机取巧来维护其能干的名声不可。只不过诡计方式，后者比前者更层出不穷。所以，与其雇用一个哗众取宠的“假聪明”，还不如雇用一个反应迟钝些的老实人。

①语出古罗马修辞学家昆提利安的《雄辩术教程》，似为作者笔误。

论友谊

亚里士多德曾经说过："一个真正喜欢孤独的人，如果不是野兽，那他就是上帝。"[1]没有另外的经典名言更能比这句话混淆真理与谬误的界限了。如果一个人真的脱离社会，心甘情愿地隐遁山林与野兽为伴，这也许表明他的确有几分兽性，而说到神性，除非他这样做是为了仿效古代的克利特诗人埃庇门笛斯、罗马的皇帝诺曼、哲学家埃庇克拉斯、毕达格拉斯的信徒阿波罗尼斯那样，是为了寻找在社会之外的一种更为高尚纯洁的生活，而并非来自对孤独的渴望，否则在他的身上恐怕是找不出来什么神性的。

普通人似乎不常与孤独为伍，他们不熟悉孤独，也未曾探究孤独怎样漫延到极其广阔的空间。但孤独无处不在，尤其在人情冷漠的地方，熙熙攘攘的人群并不都是亲密的情侣或心灵的知己，潮水一般的面孔也不过如画廊中呆板的肖像画展品，而激烈的讨论和嘈杂的谈话听起来更像是铙钹胡乱敲打的声音。有一句拉丁格言逼真地描述了这一景象：城市其实就是一片荒野。这意味着在城市里更为孤独，当人们各自归家，就关上大门，大多数的人难以找到那种小镇上的友谊。而我们的人生经历告诉我们，

①亚里士多德《政治学》第一章二节。

一个人如果没有真正的朋友和友谊，才是一种纯粹而可悲的孤独。这个世界之所以是一片荒野，是因为没有真正的友谊，在这种意义上的荒野，如果有人天性否定友谊，那么他的天性肯定是来自禽兽，而不是人类，更不要说是上帝了。

友谊可以把心中郁积的各种情感和萦绕的心事宣泄和释放出来，这是友谊的首要功能。我们都知道，对人体危害最大的病症莫过于循环阻滞和呼吸不畅。肝精可以用来保养肝脏，矿物质铁能够健脾，海狸肉能补充脑细胞，但只有真正的朋友，才是舒心的灵丹妙药。与真心的朋友在一起，你能无拘无束地忏悔和自白，无论忧愁、欢乐、恐惧、希望、疑虑、忠告，以及任何压在你心底的事，你都能坦率地诉说。

伟大的国王和君主们给友谊这种果实定下了极其高昂的价格。友谊的价格太过昂贵，国王和君主往往需要冒着给自己的安全带来十足的风险去购买它。因为君主与他的臣民和仆人距离太远，除非他们能够把一些人擢升到同伴或者接近平等的地位，否则就不能得到友谊的果实，而不幸的是，这样做往往又会带来更多的麻烦。在现代语言中，这种人被叫作亲信或者心腹，就像是一种宠爱或者信任。但是在罗马语中，给予这些人的称呼似乎更能表达出其真正的用处。罗马语将他们称为“分担忧愁的人”，这样就使这种称谓存在的原因和目的结合了起来。

纵观历史，我们可以清楚地看到，不仅那些软弱而又容易冲动的君主是这样，即使是那些有史以来被认为最具有智慧的君主也是这样，他们往往喜欢和他们的一些臣仆交往，彼此之间以朋友相称，并让其他人也觉得他们是朋友，即朋友一词对于他们而言与普通人使用的无异。罗马的大独裁者苏拉曾经与庞培结交，对于庞培言语上的冒犯也能一并容忍。庞培曾经骄傲地评价自己说：“崇拜朝阳的人明显多于崇拜夕阳的人。”

伟大的恺撒大帝也曾经与布鲁图斯是非常亲密的朋友，并把他立为继承人之一，但结果是，恺撒在布鲁图斯的诱使下堕入了圈套并最终被谋杀。难怪西塞罗后来引用安东尼的话，把布鲁图斯称作“巫师”，在西塞罗看来布鲁图斯是用妖术制造出魅力并谋害了恺撒。

出身卑微的阿格里巴也成为奥古斯都的亲密朋友，后来当奥古斯都为了女儿朱丽娅的婚事向米西纳斯咨询时，米西纳斯竟然脱口而出：“因为你让阿格里巴拥有了太大的权力，所以你要么把女儿嫁给阿格里巴，要么把阿格里巴杀掉，再没有第三条路。”

提比略也把塞雅努斯提升到了朋友的位置。提比略在给塞雅努斯的一封信里写道：“因为我们是朋友，所以这些事我都没有瞒你。”元老院像给女神献祭一样，为了称许他们之间真挚无比的伟大友谊，特地为他们的友谊而筑造了一座祭坛。

有过之而无不及的是塞珀提米乌斯·塞维鲁与普劳提阿努斯之间的友谊。为了友谊，他强迫长子娶普劳提阿努斯的女儿为妻，并始终袒护他的朋友，甚至普劳提阿努斯公然冒犯他儿子的时候，他还给元老院写了一封信说：“我甚至愿意在他死之前死去，我太爱这个人了。”

如果这些君主像图拉真和马可·奥勒利乌斯一样的话，那么人们就会认为这不过是来自天性善良的软弱，但这些君主都是非常精明、刚强而又严厉的，而且非常爱护自己，因而也就可以清楚地看出如果没有友谊的价值，他们自己的幸福是残缺不全的。君主们有妻子、儿女，然而这些人却都不能提供友谊所能带来的慰藉，而拥有朋友能让幸福变得完整起来。

法兰西历史学家科梅尼曾对他的君主查理公爵进行过深入的观察，结论是查理公爵从不愿与其他人商讨重大的事件。科梅尼评价说：他这种喜欢独往独来的性格毁掉了他的事业。其实，路易十一——科梅尼后来所服侍的另一位君主——更是这样一个人，而这种孤独也正是路易十一一生最大的绊脚石。

毕达哥拉斯曾说过一句略带神秘色彩的格言——“不要啃噬自己的心脏”。的确如此，如果将这句比喻讲得更明白一些，也就可以说，那些没有朋友的人，其实就是啃噬自己心灵的人。

实际上，友谊的奇特作用就在于：如果你和朋友分享快乐，你将得到双倍的快乐；而如果你把忧愁向一个朋友倾吐，那么他将为你分担一半的忧愁。所以友谊对于人生来说，就像炼金术士所要寻找的那种神奇的“点金石”。它既能够使黄金加倍，也能够使黑铁变成黄金。正如在自然界中，物质通过结合可以使力量得以增强，其实人与人之间也是如此，这实际上也是一种很自然的规律。

友谊可以把感情中的疾风骤雨变成丽日和风，也可以把理智中的混沌黑夜变成明朗白昼，它不仅对心理的健康有益，而且对于理智的健全也是不无好处的。这种变化不仅因为有了朋友的忠告，还在于任何被冥思苦想所折磨的人，在得到平心静气的交流后，他的头脑就会变得更加灵活，心境也会更加豁朗，也就更为善于表达和整理自己的想法和思维，最后当他逐渐认识到自己的思想是如何变成语言的，他最终会变得更加明智。这也就是所说的一个小时的交谈会胜过一整天的沉思。特米斯托克利向波斯王讲过一段非常精彩的话。他说："语言就像是一幅展开的挂毯，心象和意念都显现在它的图案之中，而思想则像是一幅还没有打开的挂毯，心象和意念只是被裹在了里面。"而说到友谊具有开启理智的作用，它的适用范围也不仅仅局限于那些有能力给予忠告的朋友，因为即使没有这样的朋友，人也可以听到自己的心灵，明确自己的想法，就像在砺石上打磨刀剑，锋刃只会越磨越亮而不会受到伤害。总而言之，人即便只是对一尊塑像或一幅绘画吐露心声，也不要让他的所思所想窒息在心里。

朋友的忠告是友谊的第二个果实。这一点其实是显而易见的，平民百姓也能注意到这一点。有一句非常精彩但语意略显晦涩的话来自赫拉克利特，他说："纯粹之光总是最明亮的。"毫无疑问，一个人通过接受另外一个人的忠告而获得的思想上的光明，与仅仅通过他本人的理解和判断所获得的思想之光相比，要更加纯粹，因为仅靠本人的理解和判断所获得的思想之光，难免会充满和浸透着个人感情和习惯的杂质。因而，就像是朋友给予的忠告和自我主张的差别一样，朋友给予的忠告和自己奉承自己存在着很大的差别。因为人本身就是这个世界上对自己最大的拍马屁者。而朋友的直言不讳则是医治拍自己的马屁的良药。

忠告分为两种：一种是关于道德的，而另一种则是关于工作的。略去第二点，可以认为朋友的忠实劝告是使头脑保持健康的一剂良药。如果一个人勇于严格要求自己，有时候这种勇气会是一种过于猛烈和带有腐蚀性的药物。如果一味地阅读有关道德修养的好书，则可能会有点单调和沉闷。不过另一种情况是，在别人的身上观察自己的过失，有时又往往与我们的真实情况不相符。所以大量事实证明，很多人由于没有朋友向他们提出劝告，从而犯下了严重的错误，甚至做出了给名声和成功造成了巨大损失的极端荒唐的事情，正如圣雅各所说的，他们就是“有时会照照镜子，但是很快就会忘记自己长相”的人。就是因为他们身边缺少一个忠诚的朋友。

很多人认为一只眼睛看到的未必比两只眼睛看到的少；或者是认为当事人最明白自己的处境；又或者说是一个怒火中烧的人，未必没有一个冷静的人明智；或者一支火枪，既可以托在肩膀上开火，也可以架在支座上开火，诸如此类，都是一些幼稚而又可笑的想象。但是归根结底，想使工作更加井然有序，就需要良好的忠告。

如果有人认为，他愿意接受忠告，但必须一条一条来，可以向一个人求教一个问题，又向另外一个人求教另一个问题，当然这也不是不可以的。这种做法有两个危险，一是他将得不到忠实的劝告，因为除非这个劝告是出自一个完全诚心的朋友，否则就只有那种出于某些不可告人的目的而提出的劝告；另外一个危险就是，他得到的劝告是矛盾的，而且混杂着无所适从。这就像看医生一样，某位医生被认为是治疗你所患疾病的权威专家，但他却并不了解你的体质，因而即便将你治愈，也可能只是暂时的，更糟糕的还可能在其他方面却又毁掉了你的健康，矛盾的结果是虽然治好了疾病却又杀死了病人，岂不是得不偿失。但一个了解你的朋友却会留心细节，即在推进事务前进的同时去除其他不必要的麻烦。因此，不要指望分散的劝告，因为它们不能让你心情平静下来并给予正确的指导，相反可能会转移你的注意力甚至会误导方向。

友谊的益处就像一个石榴的果仁那么多，难以数计它各方面的好处。如果一定要来形容它，只要你思考一下一生中仅凭个人能完成的事情的可能性，就可以知道友谊有多少益处了。因此，古代的哲人说：朋友就是第二个“我”。但其实这句话还并未尽善尽美，因为朋友并不仅仅是另外一个我。人的生命是有限的，多少人抱着功未成、名未就的遗憾撒手人寰。但是如果有一位知心的挚友，此人就可以安心地瞑目了，因为没有完成的事业将由一位可靠的人来承担，一个好朋友实际上可以是你的又一次生命，最起码是使你的生命中未完成的得到延续。人生中有很多事是不方便事必躬亲的。比如一个人是很难陈述自己的功绩的，这是为了避免有自夸之嫌。或者有时候，需要帮助的时候，人的自尊心往往又会阻止人们低下头去恳求别人。但是一位可靠而忠实的朋友，能够使这些事容易又妥当地办到。又比如在儿子面前，你是威严睿智的父亲；在妻子面前，你是坚强可靠的丈夫；而在仇敌面前，你是凛然不可侵犯的。但是面对朋友，你就可以全然不计较这一切了，因为他会就事论事，实事求是地为你出面主持公道。

友谊对人生的重要性一时难以言尽，换言之，它的好处简直无穷无尽。当一个人面临危难的时候，如果他平生没有任何可以信赖的朋友，那么我只能很无奈地说他的结局只有失败！

论消费

赚钱是为了消费，这是一个浅显而又寓意深刻的道理，但是消费还是首先要以荣誉和善行为基准。特别是大笔的开支更需要根据它的用途和价值大小为度，为了祖国有人甘愿倾尽其有；但日常的花销则应该以个人财力为尺度，不要被仆人所欺瞒，要根据自己的实际能力来确定支出，并在此基础上尽可能把一切都安排体面，使实际花销远远低于外人的估计。

如果一个人只想保持收支平衡，他的日常消费就应该只占他收入的一半；但如果他想变得富有的话，那么他的消费就应该不超过收入的三分之一。屈就一下来检查自己的财产绝不是有失身份的事情，即使是大人物也不例外。有些人或许因为疏忽大意而不愿去做，或许因为害怕发现自己面临财务的困境，从而使自己感到沮丧。但是如果不仔细检查伤口，伤口是永远都不能被治愈的。确实没有能力检查自己财产的人，就必须用人得当，经常谨慎地调换他们，因为新雇佣的人可能胆子小，不会别有用心。

凡是有能力但只是偶尔检查自己财产的人，也有必要把一切日常的收入和支出固定下来，以保证收支的平衡。这意味着，如果某项开支增大，就必须在其他项目上加以节俭。比如，偏爱精美高价的食物，就应当在衣着上节俭；而如果在房屋上投入太多装饰费用，就应当在马厩上节俭；其余以此类推。在每项开支都大手大脚的人，最终只会倾家荡产。对于那些背负着债务的家庭，在消费上就不可操之过急，如果想要清偿欠债，就不要把偿还的期限拖得太长，这样对自己不利，因为长期支付利息是不划算的。但是为了急于把债务还清而出售财产，也多半是要吃亏的。另外，一下子就还清欠债的人往往是会再次借债的，因为他一旦发现自己已经轻松地脱离了困境，就会放任自己重走老路。那些慢慢地偿还欠债的人，在偿还的过程中就会逐渐养成一种节俭的习惯，而这缓慢的过程既有益于他心态的健康，也有益于他财产的增加。

要维护自身尊严，需要注意小节。在通常情况下，与其低声下气地去赚取一些小利，倒不如体体面面地去节省一些小钱。对于那些属于开了头就会收不住的连续性开支，应当三思而后行，而对于那些不会重复可以承担的一次性开支，大方一回倒是没有大碍。

论强大

雅典的特米斯托克利常常让人觉得傲气十足，因为他喜欢通过言论为自己表功，不过他的言论历来都被视为真知灼见，因此他的言论是备受推崇的。有人在一次宴会上请他弹琴助兴，他却牛头不对马嘴地回答说：“我不擅长琴艺，不过要说到如何把小城变成大邦，我却非常精通。”①他只不过借助了隐喻的手法，就形象生动地把评判政治家的尺度给表达出来了。

如果认真地审查一次政府官员，那么国人便可以清楚地知道，那些不擅长弹琴的人是能够使小国变成大邦的，而那些精于弹琴的人，很可能不但没有把小国变成大邦的本领，相反却具有一种才能——那就是把一个繁荣昌盛的国家引向衰败和没落。既然很多的官员凭借这种已经蜕化的功夫和本事可以讨得君王的欢心并赢得百姓的喝彩，那么毋庸置疑，这种本事没有比用“乱弹琴”来形容更合适的了。简单地说，这一类雕虫小技只能暂时娱乐，使那些玩弄手腕的人自己觉得体面和高雅，但是对他们所服务的国家的繁荣进步却毫无益处。还有一些高官要员也许可以被视为是“称职”的，全赖他们对国家事务巧妙的处理，确保不陷

①普鲁塔克《希腊罗马名人列传》中之《特米斯托克里篇》第二章三节。

入危机和困境之中，但是这样的称职并不是使国力得到增强，使国库得以充裕，使国运走向繁荣昌盛的才能。

关于官员的话题我们就先说到这里，国事本身是我们更想谈的，这才是雄主明君想要听的，也就是谈谈何为一个国家的真正强盛以及如何才能走向强盛的道路。谈论这个话题的目的在于两个方面：一是让君主们不要因为高估自己而妄自尊大，二是让他们也不要因为过分低估自己而优柔寡断。

你可以测量一个国家疆域的大小，可以计算财政收入的多少，从户籍册中可以得知人口的分布，同样，可以从图表和地图上得知它的城镇的多少和大小。然而涉及对一个国家国力和兵力的评估判断时，就最容易犯错误了。基督并没有把天国比作一个大大的果仁或者干果，而是把它比作一粒小小的芥菜种子，虽然芥菜种子只是一种非常小的种子，却拥有迅速成长和扩展的性质和精神[①]。这正如有一些国家虽然幅员辽阔，却并不能够扩大领土或者领导他国；而另外一些国家疆域虽然狭小，像一棵瘦弱不堪的树苗，却拥有成为伟大君主国的精神和气质。同样，如果国民不是具有那种强悍而且崇尚武力的体质和气质，那么，坚固的城池、弹药库、骏马、战车、军械和大炮等只不过是没用的装饰品，国民也只不过是披着狮子皮的绵羊，外强中干，关键时刻好不中用。这即是说明，国家军队应该注重的是士兵的勇敢精神而不是单纯的数量优势，正如维吉尔所说：“羊即使再多，也不会令一只狼感到为难。”

①见《新约·马太福音》第十三章三十一、三十二节。

波斯军队在阿尔贝拉平原上的浩浩荡荡，其阵势颇为壮观，以至亚历山大阵营里的将军都感到有些惊恐不安，于是他们建议亚历山大在夜间进行偷袭。不过亚历山大说他不喜欢偷偷摸摸，结果他轻轻松松、光明正大地取得了胜利。亚美尼亚王提格拉尼率领四十万军队驻扎在山头，当他看到进攻他的仅有一万四千人马的罗马军队，便乐不可支地说："这些人作为使者倒是绰绰有余，但是和我们作战就显得太微不足道了。"但是还没到傍晚，他就被这支看似弱小的队伍打得屁滚尿流，呼天喊地。所以说，两军相逢勇者胜，兵力强弱在于骁勇而不在于数量。因此我们可以断言，一个国家要想强大，关键就在于要有一族善战的国民。俗话说得好："金钱是战争的肌肉。"但是如果这肌肉不是附属在一个健康强壮的身体上的话，那么也就只能是一堆烂肉罢了。

吕底亚的国王克罗伊斯曾向雅典政治家索伦夸耀他的财富，索伦不卑不亢地回答说："陛下，这些财富不属于任何人，在未来的日子里它只归强者所有。"所以，治理国家的人应当懂得这样一个道理，数量庞大的军队和财富都是不值得炫耀的。至于那些花钱雇来的散兵游勇，就更加不值一提了。

如果一个国家的人民负担着太重的苛捐杂税，他们就不可能是勇敢尚武的。谁见过负重的驴子成为彪悍的雄狮呢！反过来说，一个人民自愿缴纳赋税的国家却是例外，比如荷兰和英国就是这一类国家。不过尽管如此，一个军费负担过重的国家也是不可能走向强大的。如果想让国力变强盛，那么还应当抑制不劳而获的贵族和那些放高利贷者的发展，不能使这两个阶级过分膨胀。否则，农民与工匠的劳动成果，都将被他们吞食消耗掉，国家就会处于本末倒置的状况。这也正像森林中的情况一样，高大的乔木投下浓重的黑影，底下很难有灌木生长。

同样，在一个国家里，如果官僚的人数过多，那么就会使平民百姓的地位变得卑贱。这样造成的结果就是，在一百个人里面，没有一个适合戴头盔的，更不要说成为步兵部队的了。我们都知道，步兵是军队的中枢神经，所以我们经常见到的结果就是，某个国家虽然人口众多但是实力却非常弱小。只消把英国和法国放在一起做比较，就可以清楚地看到这一点。英国虽然领土比法国小得多，而且人口也比法国少得多，但是力量却一直非常强大。这是因为，在英国，一般的民众都可以成为优秀的士兵，而法国的优秀的士兵则不可能是随便找一个雇农。英王亨利七世的策略在这一点上是值得敬佩的。在农业上，他给耕地和住宅都限定了最低标准，也就是说，可以使一个臣民的生活达到富裕和便利的程度，而不是处于被奴役的状态，而这正是通过让耕地维持一个比例而实现的；同时这又使种田的人成为土地的拥有者，而不仅仅是没精打采的雇佣工。这样一来，维吉尔所描述的古代意大利的那种气势磅礴的局面就可以成为现实了：一个国家凭借强大的武力和肥沃的土地而走向强大。还有一种情况也是不容忽视的，就是那种连贵族和上流人士的奴仆都享有自由的国家。据我所知，这种情形大概是英国所特有的，并且除了波兰，我在其他地方从来没有见过。这些享有自由的奴仆在从军的素质上，一点也不逊于自由的平民，甚至可以说，有过之而无不及。因此，当贵族和上流社会的辉煌、豪气、前呼后拥的排场，慷慨有礼的风尚潜移默化地成为当地的习俗之后，的确是有助于一个国家在军事上走向强大的。与此相反，如果连贵族与上流人士都在生活上深居简出、省吃俭用，则必定会导致兵力的困乏。

就像尼布贾尼撒在梦中所见到的国粹之树那样，干枝无论如何都要强大到足以支撑起相应比例的树枝和树叶。[①]也就是说，君主或国家的原有国民同他们所统治的归顺臣民的数量，必须保持着一个适当的比例。一个弱小但拥有无与伦比的大智大勇的民族，固然可以在短时间内征服并占有大片的国土，但风光不过一时，用不了多久就会走向衰败。斯巴达人一向在外人归顺这件事上眼光非常挑剔，因此当他们仅仅守着自己的边境时，他们是固若金汤，坚不可摧，一旦他们开始对外扩张，领土范围之于统治者的能力就像树叶大到连树干都支持不了的时候，他们就如同冬天干枯的果子一样，只消北风轻轻一吹就一下子掉了下来。但另一种做法可以效仿罗马。罗马是历史上最乐于向世界开放的城邦。一切愿意归顺和在罗马城定居的人，罗马都愿意把公民权授予他们，至于他们出生在什么国度，罗马人根本毫不关心。不仅如此，他们还允许这些外籍公民享有与罗马人完全相同的权利——不但享有贸易权，婚嫁权、继承权，而且还享有选举权和担任公职的权利。这些权利不但被授予个人，也授予家族、城邦甚至一个国家。同时，罗马人也把自己看作世界的公民，他们不断

①《旧约·但以理书》第四章。

向外扩张、拓展和移民。于是罗马的制度也就随着罗马的发展而被世界化了。一方面是罗马走向了世界，而另一方面是世界走进了罗马。这也正是罗马由一个小城邦，迅速成长为称霸一方的世界强国的原因。

同样的，让我们感到非常惊异的是，为什么人口稀少的西班牙人却可以获得并保持那么强大的宗主权。相比于上述两者，西班牙本土无疑是一株巨大的树干，它的力量远远胜过了兴国之初的罗马和斯巴达。除此之外，虽然他们从来没有让异族人自由入籍的惯例，但是他们却有一种仅次于授予国籍的方式，从西班牙国王颁布的国事诏书来看，他们此刻好像也意识到了本土人丁不旺的缺陷，这使得他们招募各族人进入军队，并且一视同仁，甚至有时候还让异族的人担任高级将领。

有的行业，比如制造精密的仪器，是需要长时间坐着并且在室内工作。这些工种的性质与军人的性格确实存在着对立。好战的人在一般情况下都有一点懒散的习性，他们更多地喜欢冒险而不是劳动。那就不要过于苛求他们，试图去改变他们的性格。

因而，奴隶在古代的斯巴达、雅典、罗马以及其他的国家被广泛地使用，这样一来，军人就不用再从事普通的劳动，这是一个国家善战的有利条件。但是，蓄奴制几乎被基督教的法律废除了。因此现在最接近于蓄奴的做法，就是让异族人来从事那些行业。正因为这样，异族人也就更容易在所在国家生存和生活，从而国家统治者也就可以把大多数的本国平民限制在三种行业中——土地的耕作者、自由的仆人以及从事有男子气概行业的手工艺者，如铁匠、石匠、木匠等，职业军人还不算在内。

如果国家要想强大，更为重要的，就是举国上下必须把军事作为至高无上的荣耀、学问和职业。我们前面所讨论的那些事只不过是表面的军备而已，但是，军备再好又有什么用呢？根本配不上没有一个明确的目标和行动的国家。罗穆卢斯在临死前留给古罗马人一个劝谕，教他们首先应该致力于军事，只有这样，他们才能成为世界上最强大的帝国。为了达到这个意图，斯巴达的国体结构完全是按照这样以军事并非十分完善的方法而建立起来的。波斯人和马其顿人也做过这种努力，但其结果不过是转瞬即逝。高卢人、日耳曼人、哥特人、撒克逊人、诺曼人以及其他民族也都曾有过全民皆兵的阶段，土耳其人虽然比起过去要逊色多了，但直到现在也还是这样。在信仰基督教的欧洲，现在只有西班牙人是这样。不过“业精于勤”，这是一个非常明显的道理，是用不着赘述的。

还有一个显而易见的道理就是，任何一个希望被称为伟大的国家都离不开武力的支持。甚至只是在一个时期重视军事的国家，在很久以后，当他们已经不再声称要动武而且武力已经衰败的时候，却仍然拥有那种安全保障。而另一方面，那些长期以来不断声称要动武的国家，简直是创造了奇迹，这是被历史所证明了的。

国家需要有一个冠冕堂皇的战争理由或法律才能动用武力，这是因为人具有与生俱来的正义感，所以如果没有某些至少是看起来公正的理由，人们一般不会投入一场将导致无穷灾难的战争。土耳其人通常甚至都可以使用传播宗教作为战争的理由。罗马人把拓展帝国疆域视为建功统帅们的殊荣，但并不意味着他们把扩展疆域作为对外发动战争的理由。

因为想要通过武力走向富强的国家必须做到以下两点：其一就是要非常敏感其他国家施加在本国边境居民、过境商人或外交使节身上的无礼行为，并且要及时对挑衅做出反应；其二就是像当年的罗马人那样，随时准备在援助盟国时以最快的速度出兵。罗马人的原则就是，如果一个受到外敌入侵的盟国与其他国家也订有共同防御的盟约并分别向多个国家求援时，那么罗马人的军队总是最先赶到的，他们是绝对不会把这份荣誉留给其他国家的。不过至于为了某个党派或相同的政体而进行的战争，我们倒不知道用什么来证明它的理由正当。如罗马人为了希腊的自由而进行的战争①，又如斯巴达人和雅典人为在希腊各城邦建立或推翻民主政体或寡头政体的战争②，再如一国或以主持公道，或以提供保护，或以解救受到专制压迫的国民为理由而发动的战争等。总而言之，一个对寻找战争理由不敏感的国家是不可能走向强大的。

一个人如果经常锻炼，那么他的身体必然随着锻炼而变得强壮。同样，无论是君主国还是民主国，每参加一次战争就可以得到一次充分的锻炼。当然，这并不包括内战。因为内战会耗损元

①指第二次马其顿战争（前200—前197）。

②指伯罗奔尼撒战争（前431—前404）。

气，对外战争才是对国家强大而有利的有效运动。应当经常鼓励人民崇尚武力的精神，使得他们习惯准备这种运动。此外，还应当保持一支强大的、随时可以投入战斗的常备军以在邻国之中获得威望。西班牙人就是这样做的，他们那支训练有素、常备不懈的军队已经有一百二十年的历史了。西塞罗在给阿提卡的一封信中谈到庞培为了与恺撒交战而进行的准备。西塞罗说："庞培严格地遵循真正的地米斯托克利式的方针，他认为，谁控制了海洋，谁就控制了一切。"而且，毫无疑问，如果庞培不是出于虚荣和狂妄而答应在平原上与恺撒作战的话，那么恺撒一定会在海战的强大压力下疲于奔命的。由此我们可以看到海战所带来的重大影响。成为海上的霸主，就是获得最高权力的象征。亚克兴之战对那个世界帝国的诞生起到了决定性作用；勒班陀之战则终止了土耳其的兴盛。海战决定战争胜负的例子不胜枚举。不过有一点是毫无疑问的，控制了海洋，也就拥有了巨大的自由，他想从战争中获得多少，就能获得多少。往往会陷入窘境的国家正是陆军力量强大的国家。在今天看来，对于我们欧洲的各国来说，海上力量的优势是巨大的。这既是因为欧洲大多数王国的大多数疆界被大海所围绕，同时也是因为不论是东印度群岛还是西印度群岛的财富，在很大的程度上都是控制了海洋之后的一种附属品而已。

在古代，为了激发人们的勇气，在决胜之地要建立胜利纪念碑、有追悼颂词阵亡将士纪念碑，以及有给英雄戴上奖励的花环与桂冠，甚至授予大元帅的头衔，此外出征的将士凯旋、兵员解甲回家时也会得到大量的犒劳。与古代战争所赋予军人的光荣与崇高相比，近代战争似乎不那么光明正大。为了鼓舞士气，现在军队虽然也设有一些骑士的勋位、勋章等，但是往往这些东西是不分军民地乱发一气。其实士兵更为看重的是古罗马人的凯旋礼，这不仅仅是一个仪式或炫耀，更是一种从未有过的极为明智、高贵的制度。其中包含了三重意义：授予将军荣誉，将战利品上缴国库，接着便是犒赏全军。但除非把这些荣誉归于君主本人或他的子孙们，那种荣誉对于君主制的国家来说未必适合，就像古罗马时代多位皇帝的所作所为，他们只为他们自己或儿子们所取得的胜利进行庆祝，把战役的凯旋礼据为己有，而只是赏赐给将领们一些庆功的衣服和勋章以犒劳将士们赢得的胜利而已。

综上所述，虽然不能说仅凭思考，人就能够使身高增长一寸①，但是对国家而言，使国土更广、国势更强的关键则在于君主或政府的能力。至少让以上所说的那些策略、规则和惯例得以实施，他们便可以为子孙后代播下强盛的种子。

①《新约·马太福音》第六章二十七节。

论养生

人们常说养生有道，而“道”肯定不仅仅在于医生医术的高低，更重要的是，人对于自己的认识。如果人们自己知道什么有利于身体健康，而什么又会损害身体健康，并且在这种认识下能够严格地遵循某些原则，这就是最好的保健处方。但是，与其说“既然这些对我的身心是没有害处的，那么略试一下也无妨”，还不如说“这些对我是没有益处的，最好不要尝试”，从结论上说，后者才是更为稳妥的。

年轻时人也许体魄强健，可以任由自己放纵无度，但是这种透支所带来的损害却是一笔到了年老时必须要偿还的“债务”。随着年龄的增加，别总是想着要去做和以前相同的事，毕竟岁数不饶人。延年益寿的秘诀之一是经常保持坦然的心胸，愉快的精神。人尤其应当克服嫉妒、暴躁以至焦虑、抑郁、怒气、苦闷、烦躁等情绪。愉快和欢笑是人生的良药，人的心中应当充盈着希望和信心，但这并不意味着我们要放纵享乐。同时，我们应该多欣赏美好的景物，研究和思考一些对身心有益的学问——如阅读历史、格言或是观察自然。身体没有病时不要滥用药物，否则当疾病降临时，药物可能就会不起作用了。不过对身体的小毛病却不能视而不见，而应当防微杜渐。当疾病来临时，切不可讳疾忌医，要及时努力运用各种手段来恢复健康。而当身体健康时，则应当经常从事锻炼。许多在生病时能较快恢复健康的正是那些体力劳动者，这就说明了锻炼对增强体质是多么的重要。

古人认为，还有一种增强体质的办法就是同时努力去适应两种截然相反的生活习惯。但我认为，最好的办法还是加强那种对生命有益的习惯。例如在禁食与饱食之间，还是应该以吃饱为好；在熬夜与睡眠之间，还是应该以睡眠为好；在静止与运动之间，还是以运动为好。[①]当然，如果把古人的说法仅仅定位为一位医生而不具备哲人的智慧，是无论如何也想不到这样高明的道理的，进行广泛的锻炼确实能够提高人的适应能力。

就像有些医生常常由着病人的性子来，而另一些医生则要求病人绝对地服从自己。这两者都不是太好，理想的医生应当是介于二者之间的。因此，在选择医生的时候，还应当注意，医生的名望固然是很重要的，但一个熟悉和了解你身体情况的医生才是你的最佳选择。

---

①古罗马作家及编纂家赛尔苏斯所编百科全书之《医学篇》第一章一节。

论猜疑

猜疑是人类世界中的蝙蝠，总是喜欢飞翔在昏暗中。它们是应该被驱除的，或者至少也是应该被加以限制的。因为猜疑不仅会蒙蔽心智、离间朋友，也会给事业带来困扰，使其半途而废。君主变得暴虐，丈夫产生嫉妒，智者优柔寡断都有猜疑的煽风点火。猜疑并不是一种心病，而是一种广泛流传的无法治愈的大脑疾病，因为即使是意志最坚强的人也免不了传染上这种绝症。譬如英国国王亨利七世，他比任何人都勇猛，但是却生性多疑。不过像他这种气质的人，猜疑并没有大的妨碍。因为他并不会贸然相信心中产生的这种疑忌，除非他对这些可疑之处的真实性进行了认真分析与考察。猜疑的根源就在于对事物缺乏清醒的认识，对一个胆怯的庸人来说，这种猜疑则可能立刻就会阻滞他的行动。所以，多了解情况是解除疑心最有效的办法。

那么人们渴望的又是什么呢？难道他们认为与他们打交道的人都应当是圣人吗？难道他们以为人应该杜绝一切为自己谋算的自私自利吗？解决办法是，当你产生猜疑的时候，首先应该做的是保持警惕，但又不要完全表露在外面。只有这样，如果这种猜疑是有道理的，也会因为你已经预先做好了准备而使你免受到危害；而如果这种猜疑是没有道理的，你又可以避免因此而误会了好人。

怀疑的想法，只不过是蜜蜂毫无攻击性的恼人的嗡嗡声而已，但人为蓄意培植并通过别人的流言蜚语和私下议论而产生的怀疑，则具备蜜蜂足够火力的毒刺。所以，身处怀疑的树林里，寻找解决的最佳方法就是，开诚布公地让他的怀疑与他所怀疑的一方进行真诚的交流。这样一来，就一定会对他所怀疑的对象多一些了解。除此之外，还一定会使对方更加慎重，而不会造成对自己进一步的怀疑。但对于那些秉性卑劣的人来说则不可能这样，因为秉性卑劣的人一旦发现自己受到怀疑，就永远也不会再真诚。正像意大利人所说的：“怀疑放走了忠诚。”这看上去好像是怀疑给忠诚发放了护照，但是恰恰相反，受到怀疑之后应该更加忠诚，从而使自己不再受到怀疑。

论谈吐

在谈话中，有些能够自圆其说的趣言妙语往往受到人们的注意和欣赏，相反，那些能够辨明真伪的判断力就被忽略不计了，这看起来就像是语言形式应该比思想更值得赞赏一样。还有一些人熟谙老生常谈的话题，并且善于就此夸夸其谈，高谈阔论，但是，这种贫乏的言辞难以发掘心意，甚至多半都单调沉闷，而且一旦被察觉就显得言不由衷的荒唐可笑。相反，那些善于辞令的人，他们能够在任何场合都提起话题，这是首要的可贵之处，在话题之中他们能察言观色，缓和话锋并能适时地转移话题，这种人才是谈话的指挥，是一个沙龙的好主人。最好的言谈是能够抑扬张弛，论证的时候也能够运用时事加以辅佐，尤其在叙述中推理，或是提问和回答时，能够把调侃和严肃灵活地结合起来。如果老用一种腔调平铺直叙就会令人感到乏味，就像人们现在经常说的“没劲儿”。调侃也有需要注意的地方，如宗教、国事、领袖以及个人的当务之急和任何值得同情的病症，是不能作为调侃对象的。要是有些人认为，除非使用尖刻的言辞，否则就不足以显示他的风趣和有力时，我得说，这是一种应该加以制止的倾向。而且，一般来说，人们是能够分辨得出哪些是风趣，哪些是尖刻的。毫无疑问，有挖苦习性的人，倾听者会因为他的话里有刺而退避三舍，当然同时他也会担心人家记仇。

想要学得越多就得问得越多，也就越容易受到人们的欢迎。特别是在提问的时候，如果他所问的问题正是被问者所擅长的领域，肯定会受到更多的欢迎。因为他自己不仅可以进一步获取更多的知识，也等于是向被问人提供了一个畅所欲言的机会。但切记问题千万不要过于烦琐，否则就变成审问了。

还要明确的是，一定要留给其他人说话的机会。不仅如此，就像乐师们看到有人跳舞时间太长时，所惯于采取的方式一样[①]，如果有人想霸占全部发言时间，就要设法把这种人引开而让别人发言。还有，在谈话中需要诚实，如果你让别人认为你对知道的事装作毫不知情，那么下一次，当你遇到真正不知道的事时，别人也会以为你已经知道了，这样你就失去了学习的机会。在谈到自己时应当非常谨慎，以少说为佳。人要自夸而又能不失体面的唯一方法，就是夸奖别人的优点，特别是当所说的优点与自己的优点相一致的时候会更加有效。

应该少说会对他人造成伤害的话，因为交谈应该像是在田野上散步一样轻松自由，而不是回到了某个人的家里而大发感慨。我认识英格兰西部的两个贵族，其中一个有讥笑挖苦他人的癖好，但又总是喜欢用美酒佳肴来盛情宴请客人，另一个就经常问那些到他家赴宴的人："老实告诉我，他在筵席上是不是自始至终都没有说嘲弄或者挖苦的话？"对此客人总是回答："他的确

①指乐师们常变换舞曲以照顾他人。

说过类似的话。”于是这位爵爷就带着毫不意外的神情说：“我早就料到一场美好的筵席就这样被他给糟蹋了。”

出言谨慎要比雄辩更为重要，以合适的方式来与别人打交道比言辞优美和有条有理重要得多。一个人如果能够不间断地做一篇精彩的演说，但却不善于应对，那就表明他反应迟钝；而如果善于应对或者附言，却不能够进行长久的精彩演说，则说明他的思维浅薄而无力。这就像我们在动物中所看到的那样，最不善于奔跑的却是最善于转弯的，猎犬与野兔之间的区别就是这样。在进入正题以前讲过多的枝节话是令人厌倦的，但如果枝节的话一点也不说，则又会让人感到生硬。只有把握好分寸，才能在交谈之中不让对方产生反感。

论殖民

殖民主义是远古时代的产物之一。如公元前八至前六世纪希腊在海外大规模建立殖民城邦。那时的世界足够的年轻，众多的子女都在她的养育下成长。而现在，它所能够养育的子女越来越少了。可以这样说，殖民地就是那些老年国家的新生子女，而且最好是把殖民地建立在那些土地没有主人，不存在竞争且尚未开发过的处女地上。因为殖民不等于扰民。不过，殖民事业就和植树造林一样，必须先投资二十年，耐心等待，然后才会有所收益。急功近利，是许多殖民地最终失败的原因。当然，如果长远利益与眼前利益能够兼顾，那当然是最理想的结果。

有一种可耻可恶的做法是把流氓、恶棍、囚犯送到殖民地居住垦殖，这样将对殖民地造成巨大的损害。因为那些人将会终日游手好闲，不务正业，寻衅滋事，浪费粮食，继续他们以往的生活方式，并很快就会玩得不耐烦，闲极无聊之下便会写信给宗主国来败坏殖民地的声誉。所以，应该将一些园丁、农民、工人、铁匠、木匠、渔夫、猎手，以及少量的厨师、医生、药剂师和面包师等有用的人才作为送往殖民地的首批居民。

初到一个殖民地区，首先应该考察当地出产的东西，如栗子、胡桃、菠萝、橄榄、枣椰、梅子、樱桃和野蜂蜜等等，并对这些土产加以利用，其次应当考虑在当地种植一些生长周期较短的，如欧洲萝卜、胡萝卜、芜菁、洋葱、四季萝卜、洋蓟和玉米等一年生的作物或蔬菜。至于费工太多的小麦、大麦和燕麦不宜先种植，所以不妨先培育一些费工少，既可以当主食又可以做副食的豌豆和蚕豆。稻谷也是一种主食，而且也生长极快。不过，移民之初最为重要的是要运去足够的饼干、燕麦片、面粉和玉米粉等储备品。至于家畜家禽，则应当选那些既不容易生病又繁殖迅速的品种，如猪、羊、鸡、鹅、火鸡和家鸽等等。殖民地的食品用量，应该像遭到围攻的城镇里一样采取限量供应的方法。分配土地时，可以用来种植蔬菜和庄稼的土地大部分应该用做公地，这样有利于把最后的收获储备起来，然后相应分配出去。此外，可以有一些零星小块的土地交给个人耕种。同样殖民地有什么天然物产，可以用来支付殖民地的费用也应当被纳入考虑的范围。只有合理安排，才不会不合时宜地损害主要的生意。

森林资源通常是极度丰富的，如果有铁矿和可以用来建磨坊的河流，那么在森林多的地方铁矿就是一种不容置疑的优秀产品。应该在气候适宜的地方尝试晒出粗粒盐来。在种植着大量冷杉和松树的地方沥青和焦油是不会缺少的。至于药材和月桂树，则会产生出巨大的利润。还有可用做肥皂的碱灰，以及别的可以想到的任何东西。但开矿是不能长久的，巨大而快速的利润还往往会使殖民者在别的事情上懒惰。所以不要过度开采地下矿藏。

最好让一个人在治理方面掌权，不过要由一些智囊和幕僚加以辅佐，并赋予他们在一定范围内颁布戒严令的权限。让人们从身处旷野之中感受希望最重要的是让他们感到自己与上帝同在，并且深受上帝的眷顾。殖民地政府所倚靠的祖国官员和特派员人数不可过多，适中就行，因为商人总是只顾眼前利益，所以这些人最好是贵族和绅士。

在移民问题上，要一批接一批地输送，不要太着急，否则可能人满为患。同时应该留意殖民地人口减员的情况，替补人员应当按比例送去，这样才能够让殖民地居民安居乐业，不会因为人太多或太少而陷入贫困和混乱之中。在殖民地羽翼未丰的时候，要给它的商品免税。不仅免关税，还要允许当地居民自由地将商品运到可以获得最大利润的地方去。

有些殖民地建在海边和河边，还有一些建在沼泽地或者不卫生的地方。尽管一开始为了运输和其他方面的便利建在那些地方，但这对健康是十分有害的。因此如果是长久打算，仍然应该离开水边。同样与殖民地居民的健康有关的是储备足够的食盐，在必要的时候，可以在食品中使用食盐防止一些不必要的疾病。如果在有野蛮人的地方殖民，应该公正亲切地对待他们，不要只是用小物件或者小玩意儿来糊弄他们，当然也应该保持充分的警惕，不要为了赢得他们的好感而帮助他们攻击其敌人，不过帮助他们进行防御，则并非不可。殖民地有实力的时候，也就是除了男人，也应对女人进行殖民的时候，只有这样殖民地居民才可以代代繁衍下去，而并非总是从外面调入。因此还应当把野蛮人中的一些代表送到殖民国去，这样他们就会看到殖民国的状况好于自己，那么在他们返回以后，就会给予赞扬。世上最大的罪孽就是在殖民地顺利发展的时候，抛弃它或者舍弃它，因为这不仅是宗主国的一种耻辱，也是对许多值得同情的人犯下的不可饶恕的罪过。

论财富

财富是德行的累赘。除此之外，再也没有更合适的词可以来形容财富和德行之间的关系了。财富在拉丁语中与辎重、行李、包袱是同一个词。这一点是很值得深思的。在军事上，虽然辎重是不可缺少的，但同时也会成为累赘。有时候，军队往往会为了保护它们而打了不应该的败仗。

一个人的需要是有限的，因此，过多的财富是没有价值的。一切超过这种有限需要的钱财，便是多余的了。所以所罗门曾经说过："财富多的人诱使人去渔猎，而对于人生来说，除了饱饱眼福以外，财富根本没什么用。"[①]对一个人来说，当财产达到了某种限度以后，他就不可能很好地享受财富带来的好处了。他可以把财富储藏起来，也可以把它们分配或赠送，或者用它来换取富翁的名声。但巨大的财产对于他本人来说只是身外之物，其实是没有什么具体的用处的。也许有人会说，财富可以打通一切关节，救人于危难之中。所罗门对此也说过一句话："财富不过是存在于富人心里的一座城堡。"[②]这句话正好道破了天机，那

①《旧约·传道书》第五章十一节。

②《旧约·箴言》第十八章十一节。

城堡并不是存在于现实之中，只不过在心理上使他们获得些许安慰。不可否认的是，钱财给人们招致灾祸的时候远远多于给人消灾解难的时候。所以应当取之有道、用之有度、施之有度地去获得和运用钱财，而不是为了摆阔炫耀而追求财富。

不过像修道士那样不食人间烟火，对金钱不屑一顾也是不可取的，只是挣钱要分清有道无道，所谓君子爱财，取之有道，这就像西塞罗当年为波斯图玛斯辩护时所说的：“他追求财富是为了在使用财富行善中得到快乐，而显然不是为满足那些贪婪之心。”[①]关于得到财富的时机我们最好还是听从所罗门的教诲：“不要奢望一夜暴富，那将会以失去清白作为代价。”[②]

在诗人们虚构的一个故事中，财神普鲁托斯受其主神朱庇特派遣行事时，他步履蹒跚，行进缓慢，但当他受冥王普路托派遣时，却步伐迅速，一路飞奔。古希腊作家卢奇《厌食者泰门》中有这样的虚构。这个故事要表明的是，通过正当的手段和正直的劳动获得财富通常需要一定的时间，但是当财富是通过别人的死亡而得到的时候，也就是财富骤然落在人的身上时是十分迅速的。这个道理同样适用于普路托，如果把他看作魔鬼，也就是说当财富是来自魔鬼的赠予时，它的增长速度简直是不可思议的。

致富的道路有很多，但其中大多数是不正当的。最好的致富道路之一是吝啬，然而这并不是一种清白的做法，因为乐善好施

①西塞罗《为波斯图玛斯辨之二》。

②《旧约·箴言》第二十八章二十节。

的举动绝不会出自吝啬的人。获得财富的最为自然的方式是改良土地从而使产量提高，因为那是我们伟大的大地母亲的赐福，但要通过这种方式获得财富是非常缓慢的。当然，如果富有的人能够屈尊从事农业生产，那么他的财富就会快速地增加。我认识一位拥有这个时代最多的财产的英格兰绅士，他不仅是一位大牧场主、大育羊人、大森林主、大煤矿主、大农场主、大铅矿主、大铁矿主，同时也在其他几个方面对资源进行了妥善的使用，这样一来，他就可以源源不断地从各个方面获得收入。由此可见，只要懂得培育大自然，并加以良好的利用，大地对他的恩赐就是那样的无私。

有人认为挣小钱难，但却很容易赚到大钱。这确有其事，当一个人富有到可以在困难时期坐等市场时机好转，又可以做成一些常人没有足够的本钱进行交易的程度，他就会在别人达不到的程度上获得财富，富者可以愈富。

从正常的生意和工作中赚得的是规规矩矩的钱，这种钱可以通过两种途径来获取：一是工作勤快，二是有诚信的好名声。而那些用投机取巧的手段做成的生意，其获得的利润则是见不得人的。使用骗人的手腕，当别人急需用钱的时候用花言巧语诱其上钩，再用诡计排挤其他诚实的商人以谋取暴利，这些都是奸诈下流的做法。至于有人擅长在购物的时候压低价钱，不是为了买来自用，而是为了转手倒卖从而获取差价，那么他的行为可以定义为是榨取卖者与买者双方的利益。因此，当你需要与人合伙做生意时，选择合作伙伴是极其重要的，只要合作得好，确实能够发财致富。

最坏的获利方式之一是放高利贷，但这种方法同时却也是最暴利的获利方式。只要能承受良心的谴责，这种方式就能使放高利贷者轻松自地在坐享他人汗流满面所获得的血汗钱[①]，同时连每个礼拜日都要计算利息[②]。不过放高利贷虽然是稳赚的，但也不意味着毫无风险，中介人和经纪人常常会为了自己获得更多手续上的利益，为无还贷能力的人取得贷款。这样可能导致放债人聪明反被聪明误的下场。

就像那些最先在加那利群岛建糖厂的人一样，能好好运用某项发明或专利，有时候也会大发横财。所以如果一个人能被称为一位真正的逻辑学家时，也就是说，他既善于发现问题又善于判断问题，那么他完全可以在恰当的时候为自己大捞一把，尤其是福星高照的时候。仅仅靠一份固定收入而生活的人是很难成为大富翁的，而为了投机生意而倾其所有的人又往往会倾家荡产，所以最好的做法就是有一份稳定的收入作为投机冒险的后盾，这样即使投机失败也有退路。在没有法律限制的地方，垄断者事先知道哪种商品供不应求并抢先大量地买进，然后在危机时对商品进行垄断并囤积待售也是发财的门路。

老实说依靠给人提供服务挣钱固然是清白的，但如果是通过

①见《旧约·创世纪》第三章十九节。

②“摩西十诫”第七戒即为当守安息日，见《旧约·出埃及记》第二十章八至十一节。

低三下四的阿谀逢迎来获取酬金，那么这种钱可能是最卑污的一类。至于用不正当手段攫取遗嘱及遗嘱执行人的身份来获取财富，这种行为就比前者更加卑鄙，因为前一种人在礼貌上勉强还算是逢迎上司，而后一种人却与卑鄙小人为伍。

那些口口声声说蔑视财富的人是不值得相信的。也许只是因为他们没有财富，所以他们声称蔑视财富，但假如他们一旦拥有了财富，恐怕就没有人会比他们更迷信财神了。

不要吝惜小钱，钱财是有翅膀的，有时它自己会飞走，有时你也必须放它飞，只有这样才可能招来更多的钱财。在离开人世的时候，如果不把钱财留给亲属，那么就只能留给社会。如果有遗产要遗传给子孙后代，其数量应当适当。一份巨额的财产，对子孙来说未必就是爱得深切。除非他们已经有了对金钱的成熟态度和使用方法，假如他们年轻又缺少见识，这份突如其来的家业反而可能让他们成为被围捕的猎物，会招来许多喜食腐肉的鸷鸟的纠缠。同样的，为虚荣而捐赠大笔的款项、基金等，更像是不撒盐的祭品[①]，得不到长久的保存，天长日久还可能会变成一座精心粉饰的坟墓，金玉其外，败絮其中。最好在生前就将遗产馈赠，因为活着赠人礼物是一种恩惠，等到死后再留给别人的东西，只是自己已不能享用的东西罢了。

---

①见《旧约·利未记》第二章十三节。

论预言

我在这里不想谈论神的预言，异教徒的神谕或者关于自然界的预测也不是我想说的重点。我要谈那些人们记得的，而其出处和原因又是秘而不宣的预言。正如女巫对扫罗所说："明天你和你的子民一定会和我一起同归。"[①]诗人荷马有一句诗被维吉尔转引，似乎是一个关于罗马帝国的预言："所有的海岸必将被埃涅阿斯家族的子孙，以及子孙的子孙统治。"[②]

悲剧作家塞内加也有过这样的诗句，是一个关于发现美洲新大陆的预言：

以后某个时代必将会有这么一天，
海洋将逃脱大自然的束缚，
一个广袤的大陆将敞开胸怀，
蒂菲斯将把新的世界显露出来，
杜勒将不再是大地的尽头。[③]

---

①《旧约·撒母耳记上》第二十八章。扫罗，以色列的第一个国王，他在与非利士人交战前夕，曾命令女巫占卜凶吉，女巫此言暗示以色列将全军覆灭。

②维吉尔《埃涅阿斯记》第三卷九十七、九十八行。

③塞内加悲剧《美狄亚》第二幕。

还有更多的，波利克拉特斯的女儿梦见主神朱庇特为她的父亲洗浴，接着太阳神阿波罗为他身上涂抹圣油。后来他被钉死在十字架上时，在一片空旷的地方，酷热的太阳使他满身是油腻的汗水，紧接着雨水又冲刷了他的身体，一切都应验了其女的梦境。马其顿国腓力二世梦见他妻子的肚子被他密封了起来，于是他对这个梦境进行了阐释，认为他的妻子将不能生育。但是占卜者阿里斯坦德却告诉他，他的妻子已经怀有身孕，因为人们是不会把空容器密封起来的。一个幽灵曾经出现在马可·布鲁图的帐篷里，对他说："在菲利皮，你一定会再次见到我。"而提比略对加尔巴说："加尔巴，你一定能够体验到帝国的滋味。"韦斯巴芗的时代，在东方流传着这样一个预言，说是来自犹太民族的人将统治整个世界。这一点当然可以看作是对救世主耶稣的出现而做的预言，但塔西佗却坚持这个预言的主角是指韦斯巴芗的。图密善在被刺杀的前夕，梦见一个纯金制作的头从自己脖子后面长出来，结果，他的继承人创造了一个辉煌的太平盛世时代。还有英王亨利七世在幼年时期，有一次为英国国王亨利六世端水，亨利六世对身边的人说："这个小家伙才是将来能够享用我们梦寐以求的皇冠的人。"

我在法国曾经听到过一个故事，是一位名叫帕纳的医生告诉我的，据说当年法国王后迷信巫术，把她丈夫的生辰八字安了个假名，让侍卫拿出去占卜。占星家断定说，这个人将会因决斗而亡。王后听后哈哈大笑，她断定绝不会有人想要挑战她的丈夫，而他也绝不会去接受别人的挑战或决斗。但是，国王后来果然在一场马上竞技的比赛中死于非命，当时的卫队长蒙哥马利所使用的矛头的碎片意外地钻入了国王的铠甲。[①]我的童年时代正是伊丽莎白女王的鼎盛时期，我听到过这样一个在当时广为流传的预言：“当麻被织成了线，英格兰便走到了尽头。”大家都普遍认为这个预言的含义是说，“麻”这个单词是由几个君王名的第一个字母排列而成的：也就是说等到这几位君王（亨利、爱德华、玛莉、腓力和伊丽莎白）的王朝结束后，英格兰便会完全被消灭。感谢上帝，这件事只是应验在了国名的更改上：国王如今的尊称已经不再是英格兰国王，而是不列颠国王了。

在1588年以前，还流行过这样一个预言，当时我们并不完全懂得它的意思：“在鲍奥岛和梅伊岛之间，有一天人们将会看见，黑色舰队来自挪威。等它离开以后，英国就可以大兴土木了，因为以后将不会再有战争了。”直到1588年，英国海军击溃西班牙无敌舰队，我们才真正理解，原来这个预言针对的是西班牙。因为当时西班牙国王的姓恰好是挪威（Norway）。

当时还流传过一个占星术的预言：“1588年，一个让奇迹出现的年代。”这恐怕也是针对西班牙舰队的。因为这个无敌舰队，即使不算是有史以来最庞大的，也是有史以来武力最强的。至于雅典人克里昂的梦，看起来就仿佛是个玩笑。他曾经梦见自己被一条龙吞掉。后来，有一个做腊肠的人和他作对。因此有人认为，这个做腊肠的就是那条龙。诸如此类的事情不胜枚举。如

①法王亨利二世于1559年因比武受伤，不治而亡。

果把梦兆和占星术方面的预言都计算在内，数目恐怕将会更大。但是我认为，虽然它们可以作为冬夜炉旁闲谈的话题，但却没有必要过分地重视。

这里要强调的是，我所说的不值得重视的意思，是说它们不足以令人完全相信。另一个方面，假如这种东西在社会上广泛流传，政治家也不应当忽视它。因为谣言到处流传，以讹传讹曾经在历史上酿成过许多祸乱。因此许多国家制定了非常严厉的法律来禁止散布不实的流言。

有三种原因使人们乐于散播和相信这些预言：第一是人们往往只注意到了那些得到应验的预言，那些没有得到应验的预言人们早就忘记了，对于梦境，人们也是这样分析和看待的；第二是预言的内容大多都是模棱两可的，人们可以进行各种推测和解释，预言成真的范围保留很大的空间，比如前面所谈到的塞内加的诗句那样。我们虽然不能确定在大西洋的西岸会不会还有很开阔的天地，但这并不意味着一定都是海洋，再加上柏拉图的那个充满诱惑的“大西岛”[①]的传说，人们在鼓励下更愿意把这种说法解释成一种预言。最后但并不是不重要的一点就是，这一类预言很可能是骗子和无赖的谎言，是由一些穷极无聊的人在事后编造出来的。

---

①古代传说中的岛屿，据说位于大西洋直布罗陀海峡以西，后来沉没。

论野心

野心就像体内的胆汁一样，如果胆汁在体内流通的管道没有被堵塞，人们就会积极、认真，且十分敏捷活跃；但如果流通的路途不能畅通的话，它就会被体内的热气蒸干变稠，成为带有毒性的体液。

所以，如果道路是畅通的，而且仍然在前进的话，有野心的人就会为了飞黄腾达而更加忙碌，而不是畏首畏尾，裹足不前；一旦他们的欲望受到了阻碍，他们就会心怀不满，并以一种恶毒的眼光来看待周围的人和事，尤其是当事情每况愈下时，他们便越觉得幸灾乐祸，一个君主或者国家的臣仆身上可能出现的正是这样一种最恶劣的品性。因而，如果君主想要较好地使用那些有野心的下属，最好是让他们一直有上进的空间而不是到达顶点之后只剩下倒退的余地。但始终难免会有处理不妥的地方，因而最好的办法是根本不用具备这种天性的人。因为，这些人如果不是因为功劳获得升迁的话，他们会在自己堕落的同时让手头的工作也随之荒废。不过，除非不得已，就像我们说过的那样，最好还是不要用天性野心勃勃的人。

那么，在哪些情况中他们又是可以使用的呢？我们现在不妨谈一下。首先，不管他是否有野心，战斗必须要使用良将，他的功劳足以掩盖他的一切短处。起用一个军人，却又希望他唯唯诺诺，那么也就等于不要求他冲锋陷阵，为国征战。对于统治者来说，有野心的人有一个好处，那就是可以为陷于危难和民愤中的君王分忧护驾。就像一只被蒙住眼的鸽子，这样的人只会拍着翅膀，不顾一切地努力向上飞翔；除了这样的人，还有谁愿意担当这种角色呢。反过来说，就像提比略用马可罗来打倒塞雅努斯[①]那样，有野心的人也可能去打倒任何功高盖主的人。

既然在那些复杂的情况中必须使用他们，也就有必要谈一下，应该怎样驾驭他们以减少他们带来的危险。有好几个分辨其危险性大小的原则，如果这种人出身卑微，就会比出身高贵的人危险小；如果他们天性冷峻，就会比文雅而得人心的人危险小；刚刚得到提拔的人，就会比久居高位而奸诈并城府很深的人危险小。

有些人认为，拥有几个围绕在身边的宠臣是君主的一个弱点，但是这却又是在对付那些有野心的大人物时，最好的一种方法。另外一种约束野心的大人物的手段，就是用一些和他们一样傲慢的人来和他们抗衡。不过这样一来，就像一艘大船没有一个物品压在舱底，这条船就会过于颠簸，也就必须要一些中间派的大臣来维持双方力量的平衡，保持稳定。也就是说，一个君主若是打击那些有野心的人，可以利用和训练某些小人，使他们成为有野心之人的灾星。如果那些有野心的人天性胆怯，这种方法就可能会奏效。但如果他们大胆而鲁莽，那就得不偿失，这些小

①古罗马政治家及阴谋家，提比略的宠臣，拥权自重，后被处死。

人的所作所为反而会成为他们实施阴谋的导火索，这是非常危险的。

如果君主想要剥夺那些身居高位有野心的人物，但又害怕他们下台会招致祸患，唯一的途径，就是反复对他们既加以宠爱，又实施贬谪，这样一来就会使他们像走在森林里一般无所适从。野心是种类繁多的，有些野心家只想在大事上出风头，这比那些凡事都要争强好胜的野心造成的危害会小一些。因为后一种人会不断地吹毛求疵，惹是生非。不过，与其让一个有野心的人物拥有仰慕者，不如让他整天忙于工作，这样一来，危险对于君主要小得多。一个人想在一群非凡才干的人中间出类拔萃是极其艰难的，但对整个社会而言，这样的氛围却是有益的。然而，把自己当作领头的唯一数字，而把别人全部当作零的野心，就会极大地危害整个时代。

拥有高贵身份和地位的人有三个好处：一是天生拥有行善济世的优越条件，二是能够与国王、权贵等上流阶层交往，三是拥有个人发财致富的机会。一个追求上进的人，或者我们称之为有野心的人，如果是以第一点作为他的出发点，那么他就不失为一个正人君子。

而一位明智的君王，则能在心怀不同动机的人中，分辨出怀有第一种高尚情怀的贤臣良将。总而言之，君王和国家在选用大臣的时候，要选用那些看重责任而不是看重高官厚禄的人，或者是那些看重事业而不是看重虚荣的人。总而言之，爱管闲事的人和专心致志做事的人务必要被放到不同的使用途径上。

谈宫廷娱乐活动

在本书严肃的谈话之中，也应穿插点假面舞会[①]、比武娱乐等轻松的话题。既然君主们喜欢这些娱乐形式，他们就要办得风光优雅，而不只是徒有虚表的铺张浪费。随着歌声翩翩起舞，气派万千、赏心悦目。

合唱团的队形是很有讲究的，他们应站在高处，且要伴着时而激昂悠扬、时而低回婉转的音乐，将设计好的歌词唱出来。歌唱的表演，特别是对唱，应该是极其优美的（我说的表演，不是指舞蹈，因为那是一种比较低级、比较粗俗的表演）。

歌唱的声音应该洪亮而有男子气概，高亢而悲壮（低音和高音，但不要最高音部），曲调应该高昂而有戏剧性的变化，但不要过于细腻华丽。如果有数个合唱队，高低错落，用唱诗般轮唱的方式演唱，效果将更加动人。有一点大家要注意，我这里描述的只是自然而然的感受，并不涉及一些表演的技巧。

---

①英国假面舞会承袭十六世纪上半叶唱诗班歌童音乐剧的传统，到十七世纪初成为一种复杂的宫廷娱乐形式，熔诗歌、舞蹈、声乐和器乐于一炉，包括布景、服装和舞台装置。

如何做到布景的切换不会引起观众的注意，且没有一点噪音，那将考验布景人员的技术及艺术嗅觉。因为在观众们产生视觉疲劳之前加以变换，肯定会让人更加轻松。每个场景均灯光明亮，色彩多变，让戴假面或不戴假面的演员在舞台上走过场时，做几个与布景有关的动作，将会产生很奇妙的效果，这种方式特别能够吸引观众的目光，提起他们的兴致，让大家再看看刚才那些没有看清的动作。配合着嘹亮欢快的歌声，生动活泼的音乐，灯光效果最好是白色、粉红色和一碧如洗的颜色。一些小圆形且亮晶晶的金属片，花费不大，装点后却相当灿烂夺目。相反，那些富丽堂皇的绣品在灯光下却容易失去光彩，不引人注目。

戴假面具演员的服装要优雅，即使摘掉面具，这些服装应该仍然符合他们的身份。这些服装不应仿效大家所熟知的那些诸如土耳其服、军服和水手服，等等。幕间的滑稽节目穿插不宜太久，他们一般是傻子、森林神、狒狒、野人、小丑、野兽、妖精、女巫、黑人、侏儒、小土耳其人、山泽仙女、乡巴佬、丘比特、活动雕塑[1]，等等。至于天使，他们并不滑稽，所以放在滑稽节目中并不好笑；另一方面，那些凶恶的角色，像魔鬼和巨人等，也不宜安排在内。更重要的是，当这些人穿插进来时，音乐也要起到娱乐观众的作用，还要有一些奇妙的变化。如果能有几缕香气飘下，而又没有水珠掺杂，那就更加完美了。在这人头攒动、热气腾腾、闷热异常的场所中，

①一种盛行于当时的滑稽节目，表演者原地转圈，听到信号即停，以造成各种滑稽的姿势。

当人们闻到这股香味时，会感到格外的清新、舒服。配对式的假面舞会，男女各列一组，更能增加庄重的气氛和多变的效果。当然，这所有的一切只有在场地保持清洁的情况下才能做到。

另外对于勇士们之间的长矛比武、赛马、障碍赛等等比赛来说，最光辉的瞬间是挑战者们驾着战车入场的那一刻，如果拉车的是狮子、熊虎或骆驼之类的野兽，场面会更加热烈。这种辉煌还在于入场式的设计，在于他们随从的勇武威猛，也在于盔甲和马匹是否足够华丽。好吧，关于宫廷娱乐活动就说到这里。

谈人的本性

人的本性通常是深藏不露的，它有时会被克制，但很少会被根除。想要战胜本性非常困难，如果对本性施加压力，反而会使本性更加强烈。而说教和诱导只能让本性不那么执拗，只有习惯才能改变和克制本性。

想战胜自己本性的人，切忌不要给自己定下一些超出自己能力范围的任务，因为太多的失败会使人心灰意冷；当然也不要给自己定下一些很轻松就能做到的任务，过轻的任务不会让人有太大的满足感，从而也不会有太大的进展。刚开始尝试时可以借助一些外力，就像学游泳的人用游泳圈来帮忙一样。经过一段时间练习，要试图在不利的条件下进行，就像舞蹈家用厚重的舞蹈鞋来练习舞蹈一样。练习得越刻苦，效果就会越好。

一个人的本性过于强大，要想根除它就很困难，需要一步步来：首先要试图约束自己的本性，比如可以在愤怒的时候，反复地默念字母表，直到把怒气压下去；其次就要逐渐将约束力减小，就像戒酒一样，从动不动就干杯到只喝上一小口，最后再完全戒掉。但这需要十足的毅力和决心。决心争取灵魂自由的人，就是那些无论如何一定要挣断铁链再也不受罪的人。有关矫正本性的古训也很有道理，即要使一根树干不弯向一边，那就必须把它弯到另一边，待它弹回来，就恰好适中。但我们所说的弯向另一边，并不是要你弯向做坏事的一边。不要将一种习惯连续不断地强加到自己头上，而应当时断时续。因为一旦双方停战，处于弱势地位的一方得到增援，就能重新抬头。况且人无完人，这也总体现在人们克制本性的过程中，时而犯错，时而做好，久而久之才能养成一种习惯。这是一件外人很难插手的事情，只能自己适时加以调整。但人也不能过分相信自己一定能够战胜本性。因为一个人的本性能长期潜伏，在某种场合或者受到某种诱惑，它又会重新被激活。就像《伊索寓言》中那个猫女一样，她一本正经地坐在餐桌的一头，但当有一只老鼠从她面前经过时，她便再也坐不住了。因此，一个人要么完全避免某些场合，要么经常出入于某些场合来考验自己，这样才能将影响降到最低。

一个人的本性在私人的情感中最容易被人察觉，因为在那里他不必伪装，尤其是感情激动时，他也就会忘记自己的戒律。一个人在遇到新情况或新的经历时，因为没有陈规可以参照，也最容易露出自己的本性。可以说自身本性与其职业相合的人，才是最幸福的人。否则，他们就会说："我的灵魂与天性不合，这让我很痛苦。"[①]比如在做学问方面，对于一个勉强本性的人，要让他安排好学习的时间；对一个本性就很喜欢做学问的人，不必给他安排固定的时间，因为他的心思会自动飞到学问那里。且对这种人来说，他也有足够的空余时间去做别的事情。一个人的本性是成为你进步的阶梯，还是成为你前进道路上的绊脚石，要看你如何通过形成习惯来克制它们了。

---

①圣哲罗姆译拉丁文本《旧约·诗篇》第一百二十篇六节。

谈习惯与教育

一个人的思想多半源自于他们的性格。人们的谈吐，有的来自自己的学问，有的来自别人的灌输。但是他们的行为却来自平常所养成的习惯。因此，马基雅维利认为“天性的冲动或豪言壮语都不可靠，除非有习惯加以证实”[①]。他举了一个很丑恶的例子来说明这一点：“为了使刺杀的阴谋取得成功，不会去任用那些天性勇猛或坚定许诺的人，而会用一个双手曾经沾过鲜血的人。”马基雅维利并不认识托钵僧克雷蒙，也不知道拉维亚克、约尔基、巴尔塔萨尔·杰拉尔，[②]但他说的道理却很正确：天性和口头承诺都不及习惯的力量。只是当今迷信盛行，第一次杀人的人只因有了迷信，就跟屠夫杀猪宰羊一样冷静。随口信誓旦旦，似乎已经成了他们的习惯，甚至在流血的事件中也是这样。在其他事情上，习惯支配一切的情形也随处可见，以至于有人觉得奇怪，为什么明明听到这些人发过誓、争辩过、承诺过，但干起来却依然一如既往。仿佛他们是泥塑木雕的偶像，或是由习惯驱动的机械。

印度人（我说的是他们哲人中的一派）会安安静静躺在一堆木

---

①马基雅维利《论李维》第三章六节。

②克雷蒙于1589年刺杀法王亨利三世，拉维亚克于1610年刺杀法王亨利四世，约尔基于1582年行刺奥伦治亲王威廉未遂，巴尔塔萨尔·杰拉尔于1584年刺杀威廉成功。以上均为非职业杀手，这些谋杀都发生在马基雅维利去世多年后。

柴上，把自己当作祭品点火自焚。不仅如此，他的几个妻子也争着跟她们的丈夫一起化为灰烬。我们可以看到习惯的统治和专制有多么可怕。古代的斯巴达青年，在狄安娜的祭坛上受笞刑是习以为常的，甚至吭都不吭一声。这种鞭笞的目的是锻炼意志。我还记得，在伊丽莎白统治的初期，有一个爱尔兰的叛逆者在受绞刑的时候，还请求过监刑官要用荆条，而不要用绞索绞死自己，因为以前处死叛逆者都是用荆条的。还有一些俄国的僧人，为了替自己赎罪，一定要在冰水里坐着直到身体完全被冰封冻为止。诸如此类的例子都可以说明习惯的力量对人的思想和肉体有多大的影响。既然习惯是人生活的主宰，那么我们就应该努力养成良好的习惯。

而从小就养成良好的习惯，无疑是最好的办法。这就是我们所说的教育，它实际上就是培养早期的习惯。因为我们看到，在语言学习方面，小时候舌头柔软灵活，更容易适应各种发音和表达方式。同理，小时候的四肢关节更容易弯曲，所以适合于各种技巧性的运动。除非那些人思想不受约束，既活跃又很开放，并且有充分的准备，用持久的努力弥补自己的不足，否则成年以后再去学，就很难伸展自如了，而且这种程度很难达成。还有，既然个人身上的习惯都那么强大，那么在集体中，习惯力量就更加得到加强。因为一旦群体里有一个榜样，大家都会从他身上得到鼓励，从而争相仿效，并以此为荣，这就会让习惯的力量在某些方面达到趾高气扬的地步。因此发扬天性中的美德需要有一个法律健全、纪律严明的社会。一个国家和政府，只能发扬已经形成的美德，但并不是播种者。可悲的是，这些有效的工具目前只用于某种目的，而且是最不得人心的。

谈运气

毋庸置疑，运气往往会受外界偶然因素影响。千载难逢的机会、美丽的外貌、恰逢其时的个人特长，都会带来运气。但一个人的运势最终还是把握在自己手中，就像有一位诗人曾说过："每个人都是自我的设计师。"[①]在很多时候：一个人的不幸正是另一个人的运气。因此，有一夜暴富的人，同时也会有瞬间濒临破产的人。俗话说得好："蛇不吞蛇，成不了龙。"[②]

一个人锋芒毕露，的确令人赞叹，但是内在的优点，如河蚌含珠的才华才能给人带来运气，这种人自有一套自我表现的方法，旁人无法窥探。西班牙人常说的"心想事成"从一个侧面表达了这个意思：一个人的本性中如果没有什么阻碍，没有什么需要克服的东西，那么他思想的车轮就跟运气的轮子并驾齐驱了。

李维描写老加尔图时，同样也说过这样一句话："这个人身体强壮，精力旺盛，无论出身什么家族，都肯定会给自己带来

①普劳图斯的喜剧《三钱币》第二幕二场。

②希腊谚语，瑞士博物学家格斯那曾在其《动物志》中引用。

运气。”[1]话音未落，他突然想起，加尔图正是一个多才多艺之人，这不正是他的运气吗？因此，如果一个人目光锐利，且善于观察，他就一定能够看到幸运女神。运气所走的路，就像天上的银河一样，有大大小小无数个天体聚合在一起，你看不清其中任何一颗星球，但它们却能聚合在一起放射出极为炫目的光芒。因此，许多细小的、很难让人觉察的美德，或者是才能和习惯，都能给人带来运气。意大利人在谈论一个从不出错的人时，总要插上一句，说这个人“有点傻气”。确实，有点傻气，而又不过分呆气，这样的人往往比谁都走运。因此极端爱国的人和绝对忠实的臣仆，往往是不会走运的，因为一个人如果完全把自己的心思置之脑后，他就不是在走自己的路了。

意外的幸运会使人变得投机取巧或见异思迁，而只有历尽艰辛得来的幸运，才能造就伟大的灵魂。“幸运”生有两个女儿，一个叫“自信”，一个叫“名声”。仅仅因为这两个女儿，幸运也应被给予光荣，受到尊敬。自信存在于一个人的内心，名声存在于一个人与别人的相互关系中。聪明人会把别人对他们才能的嫉妒置之度外，把自己的才能归结为上帝的恩赐和命运女神的眷顾，这是一种很好的推托，也是一种大度的表现，这种人值得掌握更高的权力。所以恺撒大帝对在暴风雨中驾船的舵手说，他所载的是恺撒和他的运气。[2]苏拉在称呼自己时，从不用“伟大的

①李维《罗马史》第三十九卷四十章。

②见普鲁塔克《列传·恺撒篇》第三十八章三节。

苏拉”，而常常说幸运的苏拉。[1]相反，一些人把功劳完全归于自己的聪明、自己的谋略，很过分地公开抬高自己，但其下场往往都不怎么样。据史书记载，雅典人提莫西亚斯在向国王报告自己的功绩时，往往要添上一句：“任何的成功都跟运气无关。”后来他这句话也果然应验，无论他做什么事情，运气都不在他这边。[2]

就像荷马的诗比其他的诗要流畅自如一样，有些人的运气的确比别人的运气来得顺畅。普鲁塔克在比较提摩利昂跟阿格西劳斯或是埃帕米农达斯的幸运时，用的就是这个比喻。

①见普鲁塔克《列传・苏拉篇》第三十四章二节。

②见普鲁塔克《列传・苏拉篇》第六章三、四节。

谈放债

放债曾经被许多人很巧妙地抨击过。放债者自古有之，但一直被人视为不义之举。他们说，魔鬼吞掉了上帝本来应该得到的十一税。[①]放债人的犁铧在礼拜天也没闲过，那是破坏安息日的罪魁祸首。他们还说，放债的人就是维吉尔说的那只雄蜂；[②]亚当和夏娃偷吃禁果，被逐出伊甸园之后，便有了第一条法规，那就是："你只有汗流满面才能得到食物"，[③]可是放债人破坏了这条法规，把它变成了："靠他人汗流满面就能得到食物"。他们又说，放债的人应该戴上黄色的帽子，因为他们做着犹太人做的事。中世纪许多欧洲国家都曾规定犹太人必须戴黄色小帽，另犹太人中多有放债者。还有以钱生钱是违背天理的说法，此乃亚里士多德在《政治学》中的观点。我这里只说一句话："因为人的心肠太硬，所以放债成了上帝允许的一件事。"

因为世上总有借钱和贷款这种事，而人的心肠又硬得不肯白白地借钱给别人，那就只好允许放债了。最好是我们将放债的利

---

①《旧约·利未记》第二十七章三十节、三十一节中"什输其一"法的规定，凡大地所产的十分之一属上帝。

②见维吉尔《农事诗》第四卷一百六十八行。

③见《旧约·创世纪》第三章十九节。

弊一一列举出来，仔细衡量一下，以便在对它采取进一步措施的时候，就不会再在利弊的问题上纠缠不清了。

这种坐收渔利的行当头一个害处就是它使商人大大减少。放债是一种懒惰的生意，它会令金钱静止不动，无法应用到商业活动中，而商业正是国家财政的大动脉。其次，因为农夫如果坐收高额的地租，他就不会好好耕种土地，因此放债只会产生许多素质差的奸商。同样，一个商人如果坐享高利贷，他也就不会好好做生意。第三个害处跟上面两个害处并行，即造成君主或国家税收的减少，因为商业利润的上升或下降跟税收的“潮涨潮落”是一致的。第四个害处是因为高利贷者只赚不赔，借债人却没有此命运，因此它使一个国家的财富集中在少数人手中，大多数钱都进了高利贷者的钱箱，而一个国家最兴旺的时刻，是在财富分配均衡的时候。第五，放债会使土地的价格下降。因为金钱的流向主要是商业和购买土地，而这两方面，都会遭到放债的拦截。第六，它使工业、改良和发明停滞不前，受到打击，因为这些事情都要在有钱的前提下才能充满活力，但高利贷使钱的流通跟鼻涕虫一样爬得异常缓慢。最后，它蚕食和毁损许多人的产业，在这期间，也造成了公众的贫困。

相反，放债有其有利的一面：首先，它也在某些方面促进了商业的发展，尽管放债在某些方面阻碍了商业的发展。如果放债人把钱收回去，不借出来，那么商业会马上停滞下来，因为商业的极大部分是由年轻的商人靠借贷付利息来经营的。其次，当人们陷入走投无路的境地，他们不得不变卖自己的资产（土地或货物），而且价格远远低于资产真正的价值，要是没有这种方便的借贷付息的方法，人们就无计可施，所以，即便高利贷没有蚕食它们，恶劣的市场也会把它们整个吞掉。人们要么在没有好处的情况下拒绝抵押，要么接受抵押，眼睛却盯在没收资产上。所以抵押和典当，根本无济于事。记得有一个狠心的乡下富翁曾经说过：“让那些放债的见鬼去吧，他们使我们不能去没收抵押的产业和证券。”既然不付利息的借贷是不切实际的，那么最后一个好处是，一旦借贷无门，众多不便也是不可忽略的。废除放债只能是空谈。因此，废除放债的意见只能到乌托邦去讨论了。所有的国家都有这种行当，只不过放债的形式和利息有所不同罢了。现在我们再讨论一下放债的监管和改良。

一方面要磨磨高利贷的牙齿，让它咬人不要太凶，同时也要给它留条门路，让有钱的人借钱给商人，维持和加速商业的运作。可以在高利贷中规定两种利率：一种低一点，一种高一点。因为，对一般借贷者来说，如果把高利贷降为一种低利率，那当然方便，但对商人来说，他却很难找到钱。此外，既然商品贸易的利润最大，就应该能够承受高利贷的高利率，而别的行业就不行了。这就是放债的改良和管理。如何使它扬长避短，看来只能让利弊两方面平衡一下。

为了满足上述两种不同的意愿，可以参照如下的办法：首先，一种是公开的，对所有人都一样；另一种要有特许证，只对某些人、某些地区的商业适用，也就是说高利贷要有两种利率。

因此，第一，要让国家不加干涉，不予处罚，这样就不至于借不到钱而造成普遍停顿和萧条，还可以使国家的无数借贷者安心经营，将普通的高利贷的利率减到百分之五，这种利率要公布为自由的通用利率。同时，这也有助于提高土地的价格，因为购买十六年还清的土地，能生息百分之六或更多，而高利贷只能生息百分之五。同样理由，大多数人，尤其是习惯于获大利的人，很愿意在这方面冒风险，所以也可以鼓励和推动工业和有利可图的改良，因为他们中的大多数人不愿只拿百分之五的利息。第二，特许某些人以高利息借高利贷给一些知名的商人，不过这要有一些防范措施。还有，为让所有的借贷者，不管他是商人还是别的人，都能从改革中得到好处，这种高利息也要比知名商人从前一向付的利息低一点。最重要的是不要让银行和钱庄来替他们做主，要让每一个人都成为他钱财的主人。我并非不喜欢银行，只是因为他们有一些可疑，往往设骗局。为了不打击放债人的积极性，国家需给从事此项贷款业的人颁发执照，并且特设一种征税制度，当然税率不可太高，否则会挫败放债人的积极性。这些放债人必须限制在某些主要的商业城市或城镇。因为任何人都不愿意把钱放到很远的地方去，也不愿意把钱放到不认识的人手中，受到他们的损害。

有些人反对说，以前只在某些地方允许高利贷，现在这种做法无异于让高利贷合法化。我的回答是，公开调整高利贷利率比默许纵容高利贷猖獗要好得多。

论青年与老年

一个岁数年轻的人，只要没有浪费时光，他也可以阅历丰富。不过这种情况并不常见。一般说来，青年人有如第一次思考，总不如再三思考那样周全。和在年岁上一样，在思想上也有一个青年时期。年轻人的创造力要比老年人活跃，想象的灵泉更易于涌上他们心头，也更像有神助似的。正如尤利乌斯·恺撒和塞普提米乌斯·塞维鲁斯那样[①]，秉性偏激而又有强烈欲望和意念的人，在他们人到中年之前不足以论事。关于后者，有人说过："他度过了一个错误百出甚至疯狂的青春。"但事实上他却几乎是罗马历代皇帝中最能干的一位。不过像奥古斯都·恺撒、佛罗伦萨的大公科斯穆斯、加斯东·德·福瓦[②]等这些性情和顺的人，通常在年轻时就能把事情办好。另一方面，办事难能可贵的是年老而有热情和朝气。老年人的经验，对其范围内的事物可作指导，对新事物则难免滥用。青年人善于创造而不善于判断，善于执行而不善于审议，善于贯彻新计划而不善于办理例行事务。青年人的错误会坏全局，而老年人的错误则充其量也许只是

①恺撒四十二岁出任高卢总督，五十一岁夺得罗马政权，五十二岁才彻底击败庞培，当上终身独裁官，塞维鲁斯也大器晚成，47岁当上罗马皇帝。

①奥古斯都三十三岁成了罗马唯一的统治者，科斯穆斯十八岁当上大公，加斯东年纪轻轻当上了法国驻意大利军队的统帅，因用兵神速闻名并被载入史册。

延误时机。

在决定采取行动时刻，青年人会眼高手低；激动盖过冷静；急于求成而不考虑方式和质量；唐突鲁莽地追随他们的原则；轻易革新从而带来难以预料的麻烦；从一开始就采取偏激的补救办法，他们有如一匹受惊的马，既不停下来也不转头，即使这种办法会使所有的麻烦增加一倍，也不会承认或撤销。上年岁的人有了一点成就便容易满足。他们冒险太少，后悔太快，不赞成的东西太多，考虑的时间太长，而且很少把事情进行到底。当然，两者兼而取之，相互取长补短是最好的，这对当前和将来都有好处。老年人在台上时，青年人可以学习。老年人享有权威，而青年人更易得到人们的宠爱和欢迎。

至于在道德方面，正如在处世方面老年人较优一样，也许青年人比较占优势。有一句经文说："你们中的少年人要见一像，老年人要做一梦。"[①]有一位犹太教教士认为"一像"是比"一梦"更为清楚的一种启示，因此他根据这句经文推论，青年人比老年人更接近上帝。当然，年岁增益主要在于理解能力而非意志和感情。所以一个人涉世越深就越老于世故。有些人虽然显得早熟，但这种情况随着时光流逝却又轻易凋谢。例如修辞学家赫莫杰尼斯，就是颇有些小聪明而不久就失去锐气的人。他青年时期的著作非常精辟，但越到后来他却越变得迟钝。第二种是具有一类宜于青年人而不能给老年人增色的天分，如青年在流畅华丽的

①《新约·使徒行传》第二章十七节。

言辞这一方面优于老人。所以，西塞罗说霍顿修斯是“他依然故我，即使这对他已不再合适”[①]。第三种人，像西庇奥·阿弗里卡努斯，他一开始就志向远大，但随着年岁的增长却不能把伟大的抱负长久维持。关于他，李维说得好：“他的晚年不及他的早年。”

①西塞罗《布鲁图斯》第九十五章。

论美

美德就像一块瑰丽的宝石，最好是把它镶嵌在朴素的背景上。

同样，如果一个容貌不算娇美的人因身上具有美德而举止清雅、气质高贵，自然也会令人肃然起敬。不过一般说来，就好像造物主在繁忙的工作中只求不出错，而无意也无精力创造完美的事物一般，太过美丽的人在其他方面往往不见得有什么大的美德。所以，那些很美的人虽然表面看上去可能很有教养，但却往往学识浅薄，胸无大志，因为他们追求的是容貌，而并非美德。

不过这种观点并非永恒不变，也并非永远正确，比如奥古斯都·恺撒、提图斯·韦斯巴芗、法国“俊美的”腓力四世、英国的爱德华四世、雅典的亚尔西巴德、波斯的伊斯迈尔都是既高尚又伟大的人物，同时也是他们那个时代最美的男子。

说到具体的美，容貌之美要胜于服饰之美，而端庄优雅的举止之美又胜于容貌之美。美最好的部分，不是用图画表达的，也不是可以一眼就能看出来的。但凡称得上卓越的美，无不在比例上有某种奇特精妙之处。谁也说不明白阿佩勒斯[①]和阿尔伯特·丢勒[②]究竟哪一位是更伟大的戏谑者：他们俩一位是根据几何学的比例来画人，另一位则从几个不同的面孔中选取其中最好的五官来创造一张完美的面孔。

我想，这样画出来的人，除了画家本人之外谁也不会喜欢。我是说他应当用一种灵感去创造（就像一个音乐家创造优美的乐曲一样），并不是说一个画家不可以创造出一张更美的面孔，是应当凭借他的灵感去描绘。人们一定会看到一些面孔，如果你把它们一部分一部分地一一审察，你就会觉得每个部分都不好看，可如果把每个部分合在一起，就成为一张极美的脸了。“秋天是最美的季节”，如果美的主要部分确实存在于端庄的举止之中，那么上了年纪的人常常看上去更加和蔼可亲也就不足为奇了。因为对于年轻人，如果我们不把青春看作是对美的补充，不加以宽恕年龄和经验的浅薄，谁也无法成就美丽。美犹如夏天的水果，很容易腐烂，难以久存。美往往使人在年轻时放荡不羁，到了老年却不得不忍受悔恨的晚年。但如果美能恰到好处地落在值得拥有它的人身上，就会令美德生辉，使邪恶汗颜。

---

①公元前四世纪希腊画家，善画肖像。

②德国画家，著有《人体比例研究》一书。

论残疾

正如造物主对他们不仁一样，大多数残疾人（像《圣经》中所说的）“失去了造物主的慈爱”[①]，所以他们对造物主也施予报复。所以一般来说，残疾的人算是和造物主扯平了。

肉体和精神之间确实存在着关联，造物主在其中一方面出了错，她会赋予另一方面以冒险的勇气，经文上说得好：“她在一方面犯错误，就会在另一方面冒险。”人对自己身体上的欠缺是无可奈何的，但人的精神境界是有选择和修正能力的。所以，只要人们心中拥有明亮的太阳，太阳的光芒就可以笼罩住那些决定气质的星宿。正因为如此，残疾不是性格的标记，而是导致某种性格的原因，而且原因的力量是巨大的。残疾的人，往往是非常勇敢的，因为凡是在身体上有招致轻蔑的缺陷，总会在心里不断地激励自己，从而从轻蔑中把自己解救出来。这勇敢起初是为了抵御那些毫无掩饰的轻蔑，但随着时光的流逝，这种勇敢也就成为一种习惯。而且，有这样一类人，他们观察、注视他人的弱点，从而得到心理上的慰藉，这也算是残疾激起他们的另一种勤奋。另外，残疾还可以消除他们上司的猜忌。因为在这些人看

①《新约·罗马书》第一章三十一节。

来，残疾人是可以随意藐视的。残疾也能麻痹同辈中的竞争者，因为他们不相信残疾人有擢升的可能，直到他们看到这成为事实。所以说，对于才智超群者，残疾反而可以成为成功的有利条件。

古代的国王（包括现在一些国家的帝王）往往对宦官有极大的信任，因为他们妒忌所有人，而会对专制君王更为尽职，更为殷勤。但他们之所以得到信任，是因为他们是好的密探和告密者，而并非是好的官吏和办事人员。

残疾人的情况也大抵如此。残疾人假如有坚强的灵魂，基于同样的原因，他们必将从蔑视中解救出自己，而他们所用的方法不是美德就是罪恶。因此，假如有时残疾人被证实是杰出的人才，像阿格西劳斯[①]、苏莱曼的儿子赞格[②]、伊索[③]、秘鲁总督喀斯卡[④]，甚至苏格拉底[⑤]，也就不足为怪了。

---

①阿格西劳斯天生瘸腿。

②赞格绰号“驼背”。

③据十三世纪发现的一部手抄本《伊索传》，伊索之形体丑陋不堪。

④据说此人四肢奇长。

⑤苏格拉底貌丑。

论建筑

房屋建造起来不是为了供人观赏，而是为了让人居住，所以，除非两者是一致的，否则就要优先考虑实用，而后再追求整齐。还是把那些只为了美观而建造的漂亮房子留给诗人们做迷人的宫殿吧！他们在幻觉中建造这些房子是花不了几个钱的。

如果把一所好房子建在一个不良的环境中，就等于把自己送进了监狱。所谓不良的环境，我认为不仅是说那里气温不适宜，也指像空气不卫生之类的情形。许多号称很好的邸宅坐落于小山包上，周围有较高的山陵包围，这样，太阳的热能就会沉积在内，并且风也会像水汇于水槽一样在这里聚集。居住在这里，你将会感到突然的寒暑急剧变化交替，就像你同时住在好几个陡然不同的地方，一天之内感受四季。

假如你同意墨斯[①]的说法，所谓环境差还包括不良的邻居。还有一些不良的环境，并不是只有不良的空气构成的，还包括不良的道路、不良的市场等，缺少水，缺少林木，从而没有枝叶的遮盖；几种自然土壤混杂，而没有肥沃的土地；附近没有打猎、放鹰、竞赛等运动的场地，视野不够开阔，土地不够平坦；距离

①希腊神话中专门吹毛求疵的神，因挑不出美神的毛病被活活气死。

海洋或者湖泊太近或太远，没有一条可通航的河流，不能享有航行的便利或者水道管理不善而时常遭受河水泛滥的威胁；距离大城市太远而妨碍处理事务；或者距离大城市太近而消耗日用品过多，使生活费用昂贵；某地能使一个人积聚巨大的财富，而另一地点则会使其受到局限等等一大堆诸如此类的因素。我们应该事先了解这些情况，以防止这些事情汇集到一起，这样一来，一个人就可以尽其所知地趋利避害。如果拥有好几处住房，一所邸宅缺少某些环境条件，他有可能在另外一处中获得补偿，假如他还能拥有几所邸宅，他也可以把它们都布置好。当庞培在鲁库鲁斯的家里看到宏伟的长廊和非常宽阔明亮的房间时，就说："对于夏天来说，这儿的确是一个避暑的好地方，但是到了冬天你怎么办呢？"鲁库鲁斯回答说："你在说什么呀！在冬天即将到来的时候，鸟儿们都要迁居的。大概你不会认为我还没有鸟儿们聪明吧！"①

谈过了房屋的环境，现在该讲一讲房屋自身了。我们将仿效西塞罗在论述艺术中所采用过的方法。西塞罗曾写过几部《论演讲者》和一部名为《演说家》的著作，前者阐述了演说的艺术，后者则描绘了演讲尽善尽美的最高境界。我们按照这样的方法做一个简易的模型来描绘一座王侯的宫殿。欧洲现在有一些像梵蒂冈和埃斯库里阿尔宫那样的伟大建筑，但却缺少优美怡人的房间，这种情况是令人惋惜的。

首先，我认为一座宫殿要有两个不同的侧面，否则它是不完

①普鲁塔克《列传·鲁库鲁斯篇》第三十九章四节。

美的。就像《旧约·以斯帖》中所说，其中一个侧面作为宴请使用；另一个侧面作起居使用。宴请的一面，是为节日和各种庆典而准备；而起居的一面，则是为了生活居住。它们虽然在内部可以分为若干个房间，但在外观上应该是相连的。这两部分不一定都放在后院，也可以作为前院的一部分。比如中间可以做一座高大、雄伟的塔楼，这座塔楼将两个部分连接起来，使其成为塔楼的两翼。宴客厅一侧正面的二楼，需要一个大约四十英尺高宽大的房间；也要有一个房间在它的楼下，这样在庆典和宴会时，就有了化妆更衣和准备的地方。起居生活的一侧，我希望它是分隔开的。首先应该隔出一个大厅和礼拜堂（两者是彼此分开的，这两个房间不能把这一面都占了），它们应布置妥善，并且庄重宽大。在最里面的顶端，还应各有一个冬天和一个夏天用的客厅，而且都应该美观。在这些房间的下面，应该布置一个干净、宽大的地下室，还要有一些厨房、酒类贮藏室、食品室之类的房间。至于塔楼，它应比两翼高出两层，每层都至少要有十八英尺高，楼顶用优质的铅皮覆盖，并在四周环绕竖立的雕像。同样，塔楼也应考虑分隔为适用的房间。通往顶层房间的旋梯要环绕在一个漂亮、裸露的圆柱上，圆柱外面精细地围绕着木刻的、黄铜色的雕像。顶层可以布置一个非常漂亮的餐厅，但如果这样安排你就不能再把任何一间下层的房间作为仆人的餐室，否则仆人餐室的蒸汽会像烟囱里的烟一样飘上来。关于宫殿的前部要说的就这么多，最后一点是，第一层楼梯应该高十六英尺，这也是楼下房间的高度。

穿过此楼正堂往前走，需要看到一个优美的庭院，但庭院的三面应该环绕低矮的建筑。院子的四个角要有漂亮的楼梯，安置在四个角楼里。角楼不能高于前院的房子，而最好与较低的房屋相适应。除了四边的小径和中间的十字形道路以外，庭院不要用砖石铺筑地面，因为这样夏天会辐射太多的热量而冬天则会太冷。应该在地面种植草皮，并且经常修剪，但不要剪得太过频繁。

在宴客厅一侧后面的那一列建筑应有宏伟的长廊，在长廊中按照同样的间隔应设置三至五个漂亮的圆顶阁，在上面装饰一些漂亮的、绘有各种图形的彩色玻璃窗。在起居一侧的后面，应有会客厅、普通的招待室和几间卧室。为了确保无论在上午和下午都有阳光照不到的房间以避免长时间日晒，所以三侧的建筑都应该是双重的。这样安排，既适宜夏天，也适宜冬天，冬暖夏凉。有时你可以迁到安满玻璃的漂亮房子，在那里没有人可以告诉你在什么地方躲避阳光和寒冷。至于凸窗，我认为它们是很有用的（在城市里，临街的墙要整齐一致，适宜用一些和墙面齐平的窗子），它可以装饰休息室和会客室，并且能够避开风和阳光，因为风和阳光很难通过凸窗贯穿房间，但也不要很多，庭院中只需要在房子的两侧各修建两个就足够了。

在这个庭院后面，还要有一个面积和建筑物高度应该和前一个相同的内庭院。这个庭院的四周围绕着花园，和第一层楼等高，庭院内侧四周都要构筑回廊和漂亮的拱门。朝向花园的楼下房间，要建成洞室或阴凉的处所，或建成适于消夏的房间。为避免潮气，只能在朝向花园的一面开设门窗并和地面高低一致，不可低于地面。在庭院的中间，地面的铺设要和前一个庭院相同，同时要有一个喷泉和一些做工精美的雕像。庭院两侧的房间是为家庭居住的，而顶端的一列则是个人收藏室。为了以备王侯或特殊的人物患病时使用，必须在房间中预选一处作为医务室，并同时附有寝室、休息室、内室、小客厅等。所有这些，均应在第二层楼上。

在第一层楼上，应有一个美观的用圆柱支撑的敞开式阳台，在三层楼上，同样也要建有一个类似的阳台，以便观望花园的景色、吸收新鲜的空气。在庭院最远一侧的两个角落，道路的转弯处，应有两个精致的、装饰华丽、铺设精美、富丽堂皇的小阁楼，安装水晶般的玻璃，中间还要有一个华贵的圆屋顶，并有其他雅致漂亮的陈设。如果地点允许，在阳台之上，还可以有一些泉水从墙上飞落而下，并要有很好的排水道。关于宫殿的模型，大体就是如此了。

除此之外，在通向这座宫殿之前，你还必须有三个功能各不相同的院子，一个是用围墙围起来，长满草的简朴的院子。第二个院子和第一个大致相同，只是多一些装饰的小塔楼，点缀在围墙上。第三个庭院则和宫殿的正面一起形成一个正方形院子。周围不要建房屋，也不要裸露的围墙，但三面都要围上覆盖铅皮顶、装饰漂亮的游廊。游廊的里面要用支柱而不用拱门支撑。至于办公处，可以用低矮的走廊与宫殿相连，但要和宫殿保持一定的距离。

论花园

第一个种植花园的是全能的上帝。“耶和华在东方的伊甸园建立了一个园子，把所造的人安置在那里。”[1]的确，这不仅是人类乐趣中纯洁至极的消遣，也是人类精神最好的滋补品。没有花园，建筑物和宫殿将丧失灵性，成为粗俗的人工制品。正像人们看到的，在时代走向文明雅致的过程中，人们总是先创造建筑的辉煌而后创造园林的幽雅，好像园艺学是更为完美的文明。

一个高贵的、有品质的花园，我认为，应该是与一年中所有月份都相适宜的花园，在一年中的任何一个月，都有漂亮的时令花木。在十一月的下半月、十二月和一月，种植一些例如冬青、常春藤、月桂、桧树、柏树、紫杉树、松树、冷杉树、迷迭香、熏衣草以及白色、紫色和蓝色的长春花，还有石蚕花、菖蒲、柑橘、柠檬等在整个冬天都保持绿色的植物。假如在温室中养殖，还可种桃金娘，墨角兰需要种植在温暖一些的地方。在这之后，一月底和二月，还有黄色和灰色报春花、樱花、银莲花、早开的郁金香、荷兰风信子、小鸢尾花，这也是瑞香树开花的时节。在三月，则有香堇开得最早，特别是单花瓣蓝色的那一种，还有多花蔷薇，还有黄色的水仙和雏菊，杏树、桃树和山茱萸树都在

①《旧约·创世纪》第二章八节。

开花。接下来，在四月进入花季的有双花白色的香堇，黄紫罗兰、香紫罗兰，黄花九轮草、蝴蝶花，各种百合花、迷迭香、郁金香、重瓣牡丹、白色水仙、法国忍冬、樱桃树、李树，还有抽出了新叶的白曼陀罗和丁香树。在五月和六月，各种石竹花，特别是红色石竹，竞相开放，还有除了开花较晚的麝香蔷薇之外的所有蔷薇花，忍冬、草莓、牛舌草、耧斗菜、法国和非洲的万寿菊，茶藨子和无花果树也在结果，而樱桃树则挂上了果实。覆盆子、葡萄花、熏衣草、白色的香兰、百合草、铃兰和苹果树都在开花。在七月，早熟的梨和洋李树则开始结果，花儿则有各种紫罗兰、麝香蔷薇、橙树等，而同期结果的还有早熟的苹果和尖头苹果。和八月相适宜的是各种挂果的李树，还有梨、杏、伏牛花、榛子、甜瓜和各种颜色的附子。九月，葡萄、苹果、各种颜色的罂粟花、桃子、冬梨。在十月和十一月初，开花结果的有花楸果、欧楂树、野生李树，还有由于剪枝和移植而晚开的蔷薇、蜀葵之类的花木。以上这些花木的情况是依据伦敦的气候条件而言，但我的意思是显而易见的，这样做，你的花园将给你一个永久的春天。

没有任何事情比了解何种花卉最能够使空气中充满浓郁的花香更令人愉快了，因为花的香气在空气中（花香在空气中的传播，犹如音乐的颤音）要比在手中更为浓郁。毫无香气的花是淡红和鲜红的玫瑰，所以即使当你走在整整一排玫瑰的旁边时，也不会闻到它们的气味，甚至在有露的清晨也是如此。在生长过程中同样也没有香味的是月桂，墨角兰的香味也不多，迷迭香的香气则很少。以上几种花木是提取芳香油的好原料。在空气中产生香气最为浓郁、超过所有其他花木的是香堇，特别是白色双重花瓣的香堇，它一年开两次，一次大约在四月中旬，一次在圣巴索罗缪节（8月24日）前后。其次是麝香蔷薇，随后是草莓将要凋谢的叶子，它散发出一种奇妙的、令人兴奋的气味。再就是很小颗粒葡萄的花，它是像苿荑草的草籽，它最早长出来的时候，是结成花穗的。然后是多花蔷薇，还有黄紫罗兰，这种花放在会客室或者寝室中位置较低的窗台上很令人愉快。接下来石竹花和紫罗兰，特别是花坛石竹和丁香紫罗兰，还有橙树的花，再就是忍冬，只是欣赏这种花的香气要离得稍远一点。至于豆花，虽有香气，但只适合生长在田野里。只有踩在上面并将其压碎，而不是徘徊其侧，才能使空气中充满令人愉快的香气的花木共有三种：地榆、野生百里香和水薄荷。因此，你可以在花园小径种植它们，这样在你散步时，将会得到几分额外的愉悦。

关于花园（像谈论建筑一样，我描绘的是一个真正的王家园林），它应该不少于三十英亩，分为三个部分：在入口处是一片草坪，而出口处是一片不做整饬的花草灌木丛，中间部分则是花园的主体，此外两侧还应当有一些小径。我希望这样分配花园的面积：草坪占用四英亩土地，花草灌木丛占六英亩，两侧各占四英亩，花园的主体占十二英亩。

草坪有两个优点：其一，任何事物都不能比修剪适宜的草坪给予人视觉上的愉悦；其二，你能够在草坪中间辟出一条赏心悦目的小径，沿着这条小径你可以走到宏伟的、围着正中花园的篱垣前面，在一年或一天中最热的时候，这条小径就显得未免过长。为此，需要在草坪两侧建造一条约十二英尺高有遮盖的小路，这样，就可以在树荫下走进花园。至于各色土构成的花坛和图形，应安置在靠近花园一侧的房子窗前，这些只不过是玩具，你可能在果馅饼中看到同样的美景。花园的主体部分最好是正方形的，四面用宏伟的带拱门的篱垣围起来，拱门需要由木工建造的支柱支撑，高十英尺、宽六英尺。每个拱门之间的距离和拱门的宽度相等，拱门之上是四英尺厚的一圈完整的篱墙。在篱墙上面，每个拱门的上部要有一个小角塔，其内部足以容纳一个鸟笼，在每个拱门之间的上面，还要有一些别致的小雕像，用明亮的金属片制成，周围用宽大的彩色玻璃装饰，以便阳光在上边嬉戏。我认为这个篱垣还应由一个土堤将其抬高一些，这个土堤不应该陡峻，而应是一个平缓的大约六英尺的斜坡并且种满花卉，同样，我认为应该在两侧留下足以容纳各种不同的边侧小径的土地，正方形花园主体不应该占据这片土地的整个宽度，这些小径将通向草坪两侧有遮盖的小路。

但在被篱垣围起的花园主体的两端，绝不要有附带树篱的小径。前面的一端不要，后面的一端也不要，因为它们将妨碍从草坪到漂亮篱垣的视线，二则是因为这也会使你通过篱垣的拱门时，看不到后面的花草灌木丛。

我不想讲太多关于宏伟的篱垣内花园的安排，你尽可以做多种设计。不过在开始设计时，无论如何，它最好不要过于烦琐或费太多劳动。对于我个人来说，我就不喜欢在松柏和其他树上雕刻那些是孩子们才喜欢的图像。我希望在园中有宽阔和漂亮的道路。我就很喜欢修剪成圆圆的滚边的小而低的树篱，附带一些漂亮的尖塔。还有，在一些地方建造一些美观的圆柱也很好。你尽可以在花园边侧的土地上修一些狭窄的小径，但在花园的主体部分绝不能有。在花园的正中央，我还希望有一座漂亮的小山，整个小山高约三十英尺，山上有三段阶梯直达山顶，其宽度足以能使四人并排行走。还有不要屏障和装饰的环形路。山上要建几间雅致的带有整洁壁炉的宴会厅，并且不要安装太多的玻璃。

至于喷泉，虽然赏心悦目，但会把一切都弄糟，它会使花园很不卫生，并且充满蚊蝇、青蛙，但是喷水池是非常漂亮的。我所指的有两种喷水池：一种是喷水式的；另一种是一个三十或四十英尺见方里面不要有鱼，也不能有黏土和淤泥的漂亮的清水池。第一种，用一些镀金或者大理石雕像作装饰都是很好的。主要的问题是如何使水流动，否则水就会被污染，无论是在水槽和水池，都不能使水滞留，否则它们就会变为绿色、红色或其他的颜色，更会长满苔藓以及各种腐烂的东西。除了使水流动之外，还要每天用人工清洗干净。在喷泉下面最好铺砌一些台阶，四周应当是铺筑得很好的地面。至于另一种，我们可以称其为人工泉，它可以容纳许多奇思和美。比如精心铺设池底，砌成图案，边侧也是一样，此外周围用低的雕像作围栏，并且还可以装饰彩色的玻璃和类似有光泽的饰物。但主要的问题仍然是使水不停地流动；供应水池的水源，其水位应高于水池，通过一个造型漂亮的喷口注入池泉之中，再经由同样口径的水管在地下排放出去，这样，水就很难在池中滞留。至于一些精巧的设计，它们看上去很美妙，但对于身体健康和精神愉快却毫无用处，如让喷水如虹而不外溢，或使水升高形成不同的造型（像羽毛、像酒杯、像伞顶等）。

我们这片土地的第三部分是花卉灌木丛，我认为它的构造要尽量保持自然原始状态。其中一棵树也不要有，只需要种植一些多花蔷薇、忍冬和野葡萄之类的灌木，可以种一些香堇、草莓和报春花在地面。它们都是有香气的，而且能在阴凉下很好地生长。它们无须排列得太整齐，只要这儿一簇、那儿一簇地生长。我喜欢大小像鼹鼠丘一样的小土堆（像在野生草丛中的一样），可以种植野生百里香、石竹，还有石蚕，因为它的花很悦目；另外，还可种植一些不是很名贵但却漂亮而又有香气的花木，如长春花、香堇、草莓、黄花九轮草、雏菊、红玫瑰、山谷百合、红色的美洲石竹、乌斗。可以在部分土堆顶部栽种一些直立的小灌木丛。灌木丛应该有玫瑰、杜松、冬青、伏牛花（这种花只可以零星地种一些，因为它开花时有一种不那么好的气味）、红茶藨子、桃金娘、迷迭香、月桂、多花蔷薇藨之类，但这些直立的灌木丛要经常修剪，以免凌乱。

在花园两侧的土地上应修建各种各样的小径，要幽静。其中一些要考虑遮阳，无论阳光从哪个方向照射，它都会充满绿荫。还应该把一部分造成避风的，当风刮得厉害的时候，散步会像在走廊中一样。如把处于两端的遮阳小径围上树篱。小径要精心铺设，不要长草，以免弄湿鞋和衣服。同样，在一些小径的周围可以种植靠墙整齐排列成行的果树。一般说来，有一点是要注意的，你在花园内应该种植宽阔而低矮的果树，不可突兀。在周围要有些漂亮的花草，但不可过密，以免它们影响树木的生长。在两侧土地的尽头，不妨堆成高度适宜的土墩，人站在上面，可以瞭望周围的原野，花园的围墙只需齐胸高。

我并不反对花园主体部分应该有和两边平行的漂亮的小路，并在路边种植果树，也不反对修建栽有果树的美丽的小山和带有座位的凉亭，但是这绝不意味着可以安排得过密，这些都需要适宜地安排。花园的主体部分是要尽量开阔，绝不能闭塞，至少能使空气自由流通。至于阴凉，尽可以留给边侧土地的小径，如果你愿意，在一年或一天中最热的时候，都可以在其中散步。而花园的主体，在酷热的夏天仅是为清晨、傍晚或阴郁的天气准备的。

至于安置大型鸟舍，除非面积足够大，否则我是不喜欢鸟舍的，鸟舍应当大到足以铺上草皮并在其中栽植作物和灌木丛，这样鸟儿才会有更大的活动空间并且自然繁殖，同时花园内才能保持清爽整洁。

以上我为一个王家园林勾勒了一个纲要。部分是想象，部分是规划，这是它的一般轮廓，不是具体的模型。很显然，我并没有吝惜花费，因为这一点对于显赫的王侯们不成问题。他们大多会听取工匠们的意见，把许多的东西七拼八凑地安置在一起，这也并不会节省费用。他们有时过多地追求形式上的豪华和宏伟，但对于真正的情趣却毫无考虑。

论交涉

一般说来，交涉、面谈要比用书信好，托第三者居间协调要比本人处理好。但是，当一个人预备以后用书信作为证明时，或者想要得到一个书面答复时，或者谈话有被人打断的危险和可能听不完全时，书信交涉也是稳妥的。不过当一个人的颜面能引起对方的尊敬（像通常上级对下属那样），或观察对方的面部表情，来感悟措辞分寸的微妙情境，或者需要保留否认或解释的自由时，面谈就有好处。

最好的选择是托淳朴的人去办理交涉，他们乐意去做委托给他们的事务，并在返回之后报告真实的结果。不可选择那些狡猾之人，他们会设法利用他人的事务为自己谋取好处，并在报告中粉饰其结果以求得委托人的欢心。用人还要注意量才使用：嘴甜的人可以委派他去规劝；机智的人可以委派他去观察和探询；勇敢的人可以委派他去争辩；刚愎自用和荒唐的人，则可以委派他去交涉那些未免有些理亏的事务。当然，还有那些曾经雇请过并且有幸取得成功的人，他们也是值得信任的，因为过去的成功会给予他们自信，他们也会努力维护自己的信誉。

与人谈判时，若要试探一个人的意图，可以先旁敲侧击，迂回向前，避开要交涉的问题，这样比单刀直入要好。除非你打算用开门见山的方式让他措手不及。和一个欲望尚未得到满足的人交涉要比和一个没有欲求的人交涉要好。假如和另一个人的协议建立在某种条件之上，那么，谁先履行这些条件就是问题的全部。这时应设法牵制住对方，或者甚至少让他相信你的承诺是可靠的，否则一个人没有理由要求对方必须首先履行义务。

所有交涉的实践，本质上无非是在观察人和利用人，人们情感的真实流露往往是在充满热情之中、受到信任之际、出其不意之时，或者是在他有某种需求的情况下。假如你想影响一个人，为了诱导和劝说他，你就必须了解他的性格和习惯，或者了解他的目的。了解他的弱点和短处，以便恐吓他；又或者了解与他利益相关的情况，以便控制他。与狡猾的人谈判，你必须考虑他的真实目的，并且最好和他们少讲话，以便理解他们的言辞，一旦讲话就要出其不意。在所有困难的协商中，绝不可以期盼播种之后就马上收割，而必须做一些准备工作，来等待其渐渐成熟。

论追随者与朋友

有如一个人把尾巴拖得过长反而削短了自己的羽翼，高代价的追随者并不讨人喜欢。我所说的高代价的追随者，不仅是指那些索要金钱过多的人，而且还包括那些纠缠而不知足的人。通常追随者所要求的不应超出主人的善意相待，善言相容，以及周全保护。结党营私的追随者更加不讨人喜欢。他们之所以来归附，是因为对别人心怀不满，而并非出于对主人的仰慕，我们经常可以见到在一些大人物之间所产生的龃龉，其缘由往往就在于此。

爱慕虚荣的追随者总是到处宣扬他们的主人，这也是件很麻烦的事。因为他们总是会泄露机密，破坏事情，结果他们反而使主人不得人心，损害了他的声誉。还有一种追随者，这类人实际上是侦探，也是很危险的。他们专门窥探主人的隐私，并胡编一通告诉别人，和别人一起说三道四。可是因为他们特别殷勤，这种人往往会得到主人的宠爱。

一位大人物拥有一批和他本人的事业身份相适应的追随者（就像一位参加过战争的人有一批士兵追随他那样）原是无可非议的，只要不是过分渲染和夸耀，即使在君主国也是允许的。

但如果一位伟人由于崇高的品德感召别人，礼贤下士从而赢得有识之士的追随，才是最值得肯定的行为。然而，如果没有德才兼备的人物，任用能力较强的人不如任用能力一般的人。但在邪恶时代，那些有才之人实际上要比有德行的人更有用处。对宠幸而言，最好加以区别对待、择优使用，这可以使被提升的人表现出感激，而其他人则更趋殷勤，因为一切皆靠主人恩德。反之，对管理者而言，雇用同等资历的人最好一视同仁，因为如果过于优待，就会让这些人目空一切，从而引起其他人的不满，因为他们有相同的资格，有权要求同样的待遇和提拔。

一个很有效的办法是对任何人一开始都不要过于看重，否则，我们将难以为继。只听从一个人摆布是不妥当的，这既表现了主人的软弱，也容易恶名远扬。世人批评那些受宠者其结果也影射其主人，损害主人的名誉。不过更糟糕的是被许多人弄得无所适从莫衷一是，因为这会使一个人听从最后一人的话而自己则全无定见。能采纳一些朋友的忠告总是值得赞扬的，因为往往当局者迷，旁观者清，没有低谷之低，怎么能显出高山之高呢？世界上很少存在人们所夸赞的那种友谊，尤其在那些地位平等的人们之间更是少见。也就是说，世间的友谊多存在于上下属之间，因为唯有他们才可以荣辱与共。

论请托者

私人的请托确实是会败坏公益的，因为许多不良的事情都会有人去做、去谋划。在培根时代，拜托有权势者向朝廷，甚至向君王提出请求并代为说项是正常之事。许多很好的事情，承担的人却心眼不好。所谓心眼不好，不仅指不道德，也包括狡猾在内。有些人虽然答应了某种请托，心里却并不打算去替人办事。但是一旦他们看见事情经由别人的力量而有成功的希望时，他们就迫不及待地想得到请托者的感恩之情，或者再次索要报酬，或者至少在事情还未落幕利用那请托者的希望。这些人其实都是些口是心非的人。

有些人为了阻挠某人而接受别人的请托，或者以此为借口来传播是非。一旦目的达成，他们是毫不关心受托之事的成败。或者，这些人之所以答应某项请托，一般而言，不过是利用别人从中捞取自己的好处。甚至还有些人答应替人办事，为的是可以取悦于委托人的仇敌或竞争者，因而实际上他们满心希望这事办不成，从而搞垮委托人。

无疑，每种请托背后难免有是有非，如果是为赏罚的请托，其中必有功过之分；如果是为争讼的请托，其中必有曲直之别；

假如一个人因为受了情感的驱使而在赏罚之争中偏向了德行较低的一方，那么他最好不要为了偏向一方而恶言贬低功绩较大且值得提拔的人。假如一个人因为受了情感的驱使而在诉讼之争中偏向错误的一方，那么他最好利用自己的影响达成和解，而不要把事做得太过分。遇到自己不是很懂的请托之事，最好先去请教一位忠实而又有见识的朋友，这个朋友可以告知你究竟这种请托之事是否能做。但是这种顾问须要审慎选择，否则会被别人牵着鼻子走。

有所请托的人自然是非常反感延误和欺骗的，因此，如果不愿办理，开始就应该明白地告诉他。在替人办事时，还应在事情进行的时候随时把实情告诉他而不加粉饰或夸张；在事情办成以后除应得的报酬之外不再索取。这样的举动不仅正当，而且很值得感激。在求恩遇的请托中，最早请求也许无关大局，即便如此也应当念及请托者的信任。假如此事除他之外无法由别的途径得到，就应当给予报酬并让他自由选择其他途径，而不是白白利用人家的信息。

不知道请托的价值，是无知的；而不知这一请托的是非，那就是缺乏良心了。做事机密是成功的一个重要手段。因为自行声张，虽然可以使别的请托者失去勇气，但也会刺激另一些请托者加紧活动。重要的是选择合适的时机去托人办事。这就是说，不仅要考虑到什么时候能避免他人从中破坏阻挠的危险，还要考虑到什么时候所托之人会答应去办。在选择替自己办事的人时，不要盲目倚仗最有权的人而宁可去找最合适的人，也就是说宁可去找负责办理具体事务的人而不要倚仗那些总管。如果一个人的第一次请托被拒绝了，而他既不沮丧也不愤懑，那么他往往能够获得补偿，其结果就如没有被拒绝一样。如果一个人很得恩宠，那么“取法其上，得乎其中”就是一条有益的规则，否则请托者最好渐渐地提高自己的请求，因为受托者初次很可能会拒绝请托，那时他不怕失去请托者；但假如受托者已经为请托者办了一些小事，那么此后就不愿拒绝，因为这样既失去那个请托者的好感与拥护，又抹杀旧日对他的好处。通常以为，向一位大人物求一封推荐书是最容易不过的事了，然而，假如写这封信的理由是不正当的，那就有损于写信人的名誉。如今再没有比这些替人奔走、包揽请托的人更为恶劣的了，因为他们只是一种败坏公务的毒品和传染病而已。

论学问

读书是为了娱乐、修饰和增长才能。其娱乐方面的功能主要用于独处和幽居之时；其修饰方面的功能主要在于言谈之中；其增长才能方面的用途主要在于对事务的判断和处理上。

虽然富有实践经验的人能够完成特定的工作，但要在总体上对事务进行筹划和安排，绝大多数还得出自有学问的人。怠惰是把时间过多地花费在学问上；虚伪是把学问过多地用作修饰；完全按学问的规则来判断，则是书呆子的嗜好。天生的才能犹如野生植物，需要用学问来加以修剪；而学问本身若不受实践的检验，则所做的指导就太空泛，因此学问可以使天性完美，而经验又能使学问完善。狡诈的人蔑视学问，愚笨的人羡慕学问，聪明的人运用学问。学问本身并不传授它们的用法。这种运用之道是存乎学问之外并超乎学问之上的一种才智，只有通过观察才能获得。读书是为了权衡和思考，而不是为了闲谈和演说。有些书只要读其中的一部分就行了；有些书虽然可以全部阅读，但不必过于仔细；还有少数一些书则应当通读、精读、细读；还有一些不太重要的议论，以及那种比较平庸的书籍还可以请人代读，由别人代替自己作摘录，但经过删节的书就会像普通的蒸馏水一样乏味。也就是说，有些书可供品味，有些书可以吞食，还有少数的一些书则应当咀嚼消化。

读书使人充实，辩论使人机敏，写作使人精确。所以，如果他很少读书，那他就必须非常狡猾，才可以掩人耳目；如果他很少谈话，那么他就必须有很灵敏的头脑；如果一个人很少写东西，那么他就必须要有很好的记忆力。

诗歌能使人灵秀；历史能使人聪慧；自然哲学能使人深沉；数学能使人精细；逻辑和修辞学能使人善辩；伦理学能使人庄重，有如身体上的各种疾病皆可由相宜的运动予以矫治，如滚球有益于肾脏，射箭有益于胸肺，慢步有益于肠胃，骑马有益于头脑等等。

“学问能陶冶人的性格。”[①]凡精神上的各种障碍无不可由适当的学问来加以消除。所以，如果一个人不善于辨别差异，可以叫他研读经院哲学家们的著作，因为他们都是条分缕析、细致入微的人；如果一个人精力不集中，可以叫他去研究数学，因为在演算的过程中精力稍不集中就会出错，还得从头算起；如果一个人不善于调查问题，不善于用一件事情证明和阐释另一件事情，可以去叫他研究律师的案卷。所以，各种心智上的缺陷都可以找到一种专门的补救办法。

---

①奥维德《烈女志》第十五篇八十三行。

论党派

许多人都认为君主治国之道在于平衡各党各派的利益，这是一种不明智的意见。实际上与此相反，最高的智慧不在于处理个人之间的相互关系，而在于规划有关大众的、虽有党派之别而不得不一致赞同的事务。当然，我并不是说党派是可以忽视的。地位卑微的人往上爬的过程中，必然有所依附，但出身高贵者，由于本身已经势力较大，因而最好还是保持一种不偏不倚的中立。而且，即使是初入仕途的人，虽然不免有所依附，也要把握好分寸，不要引起其他党派的强烈不满，才可以打开青云之路。我们常常可以看到，地位较低、力量较弱的党派往往比较团结。所以一些坚定的少数派却能战胜一些平庸的多数派，也就不足为怪了。

党派之中的一党倒了之后，剩下的另一党就会自行分裂。例如鲁库鲁斯曾与庞培和恺撒抗衡一时，他和罗马元老院中的其他贵族（元老院中叫作“贵族党”的）结成一党，但当元老院的权威被打倒不久后，恺撒和庞培就分裂了。反对布鲁图和卡修斯的安东尼和屋大维也曾结成一党与敌人相抗衡，但是当布鲁图和卡修斯被打败之后不久，安东尼和屋大维就闹翻了。这些例子虽然属于战争方面，但在私人竞争中情况同样如此。因此，有许多次要的党员往往在本党分裂时上升为领袖，但是他们往往也可能在最后悲惨地成为无价值的人而被抛弃。一旦对立斗争消失，这些人也就没有用处了，因为他们当中的不少人只有在对立斗争中才能显示出自己的力量。

许多人一旦有了地位，便会与自己本党的反对党沆瀣一气。他们多半高傲地认为，自己已经抓住了头一个党派的命脉，而现在正是开始收买另一个新党的时候了。特别是当事情处于僵持状态，久拖不决的时候，这种叛党者往往很容易从中获利。因为往往一个人的态度就能使一方的力量占据至关重要的优势，而这个人也就会在其中得到全部的感激与酬报。在两党之间保守中立的不一定总是由于态度温和的缘故，他们奉行中庸之道，目的是为了对两个党派都加以利用，从而谋取自己的利益。在意大利，人们确实对那些嘴上老挂着“众人之父”这几个字的教皇有点怀疑[①]，觉得这几个字不过是个幌子，其实是要把一切置于自己的权威底下。所以帝王者务须小心，不可偏向一方，以致在误会或者在别有用心的传播下俨然变成某党某派的党徒。帝王与某党某派的同盟总是会对王权不利的，由于这类同盟要求一种义务，这种义务简直和人民对君主所负的义务相差无几，如在“法国同盟”中就可以看到这点，这迫使君主不得不成为“我们中的一个成员”。法国胡格诺战争期间由部分天主教教士和贵族结成的同盟，目的是与胡格诺派争雄，并削弱王权，法王亨利三世摇摆不

①马基雅维利指出“教皇的统治是意大利分裂衰败的总根源”。

定，终招杀身之祸。王权衰落的迹象就是过分地支持和操纵党派，这种情形对于帝王的权威和事业是很不利的。帝王之下各个党派的运作就应如（天文学家所说的）下级行星的运转一样，这些行星虽可以有它们固有的自转，然而仍然安静地接受着比第九重天更高运动的支配。①

①据古希腊天文学家托勒密的《大综合论》所述，地球乃宇宙中心。

论礼节与仪容

一个人必须要有过人的大才大德，才能对自己的行为丝毫不加以掩饰，就好像是一颗不加任何衬托而镶嵌起来的宝石，必然是至为宝贵的一样。不过，只要能仔细观察便可以看到，获得赞许就和生财取利一样。有句成语说，“小利可以生大财”，因为小利可以来得次数多，而大利偶尔才来一次。同样，小而得体的举动常常可以得到比较大的称许，因为这些小的举动生活中经常出现，而且容易引起人们注意，而要大才大德显现的机会，就像期待节日来临一般，难得一遇。因此，一个人要是有一副好的仪容，那对他的名声将大有益处。正如伊莎贝拉女王[①]所说，“它们就好像一封随时携带永久有效的推荐书”。

要得到好的仪容，只要不忽略它们就差不多了，因为一个人只要能够重视仪容，他自然就会在别人身上留心观察这些东西。但如果他过于做作，刻意要展现好的仪容，那他的仪容反而不是真正的优雅。因为优雅最可贵之处就在于自然、不矫揉造作。有些人的举止好像美妙的诗行一般，其中的每个音节都经过了

①卡斯蒂利亚王国女王及阿拉贡王国女王，1749年使两国合并，为统一西班牙奠定基础。

仔细的斟酌。但是，这样一个在小节上过于用心的人如何能做成大事呢？话说回来，全然不讲究礼仪也就等于教别人也不要讲究礼仪，结果只能是使别人对自己减少尊敬之心。在与陌生人交往时，礼节尤为重要。但是没完没了地讲礼节，甚至把礼节推崇到比月亮还高的地位，那后果不但令人生厌，而且会减少旁人对他的信任。当然，在辞令之间总会至少有一种切实动人的恭维方式，人若能掌握好这种表达方式就会有奇特的效果。在同辈之中一定不难得到亲密，因此需要矜持一点才好；下属对你一定怀有尊敬，因此要显得亲密一点才好。做任何事情一旦做得太过分，便会自轻自贱、惹人厌倦。顺从别人的意见也无大害，但要显出这样做是出自对别人的尊重，而并不是因为自己没有主见。通常在附和别人主张的时候，不妨加上一点自己的看法。你如果同意他的意见，说法上要稍有分别和保留；你如果附和他的提议，也要带一些条件；你如果赞成他的议论，最好还要添加自己的理由。人们一定要注意，不可过于擅长恭维，一旦这样，无论他们怎样能干，忌妒他们的人都会给他们加上谄谀的恶名，从而损害他们的德行。过于讲究礼节或者过于注重时机也是有害的。所罗门说过："看风的人将无法下种，看云的人将没有收获。"[①]明智的人制造机会而不仅仅只是等待机会。人们的举止应当像他们身上穿的衣服一样，不可太紧或过分讲究，应当宽松一些，以便于工作和运动。

---

①《旧约·传道书》第十一章四节。

论赞扬

称誉是外界对一个人德才的反映，因此这种反映往往有如镜中的幻象。如果它来自普通人，就很可能是虚假而无价值的，并且往往是献给自负之人而不是有德之士。因为普通人并不懂得太多出类拔萃的美德，最廉价的品德才容易赢得他们的称誉，中等的才德才会令民众惊讶或羡慕，但对于最高尚的德才他们就不具备识别能力了。或许，普通人最津津乐道的是故作姿态的“假象”。

名誉就像一条河，它能承载的只是轻浮中空之物，却常将沉重坚实之物淹没河底。但是，假如有见识有身份的人共同称誉某人，就正像《圣经》所说：“真正的美名有如香膏。它的香气不易消逝，并会向四周播撒。”因为香膏的香气比花卉的香气更为持久。虚情假意的称誉比比皆是，所以有人怀疑称誉是有理由的。有些称誉不过是为了奉承：要是说话的人是一个普通的谄谀者，他就会准备几种通行的套话，对于谁都可以拿出来用；要是他是一个奸猾的谄谀者，他就会追随对方最为自得的长处并竭力奉承。但是如果他是厚颜无耻的谄谀者，他就会把最有缺陷、深以为耻的弱点，公然称颂为最高的智慧，百般辩护，全然“不顾自己的良心”。

有些称誉是油然而生，带有善意与尊敬的，这种称誉是我们对于帝王或贵族应该表现出的一种礼貌，这就是“用称誉来进行教导”。有些人受到称誉，其实是被人恶意算计，为的是引起别人的忌恨，因为“奉承你的敌人才是最凶恶的敌人”。所以古希腊有句谚语说，“被人恶意称赞的人鼻子上会生疮”[①]，我们的谚语也有类似的说法：“说谎的人舌头上要起泡”。当然，适度的称赞如果用之得时，且不流俗，那自然是有好处的。即使是好心的称赞，也必须恰如其分。所罗门说过：“清晨一起来就大声称赞朋友，就等于是诅咒那个朋友。”[②]把人或事过分夸大，必然会激起反感，引起忌妒与轻蔑。至于一个人自吹自擂，除了在很特殊的情形之中，都算不上高雅的举动；但如果是夸赞自己的职务或职业，则可以显得优雅并且带些高尚的气度。罗马的主教们都是些资深的神学家、修行僧、经学家，他们非常鄙视世俗的事务，在他们眼里，一切军事、外交、司法及所有其他世俗事务都可以叫作“行政副长官的事”，但其实这些副长官所做的事比主教们那套深奥的言谈有益得多。圣保罗在自夸的时候，常常会加上一句“请允许我说句狂话”。[③]但是在说到他自己的职业，他常说的却是：“我要敬重我的职分。”[④]

---

①此言化自古希腊诗人特奥克里托斯《田园诗》第十二首二十三、二十四行。

②《旧约·箴言》第二十七章十四节。

③《新约·哥林多后书》第十一章。

④《新约·罗马书》第十一章。

论虚荣

苍蝇坐在战车的轮轴上，向人们高声叫道：“看我扬起了多少尘土啊！”这是伊索的一个绝妙的寓言。那些爱慕虚荣者就像这样，任何东西，只要他们参与其中，哪怕是一丁点儿，就认为是在他们的带领下完成的。喜欢自吹自擂的人，也必定会喜欢结党营私。因为有比较才有炫耀，所以他们一定是狂热的，就是为了证明他们华而不实的大话。他们也不能保密，常常成事不足，败事有余。

炫耀这种本事在内政事务中是非常有用处的，每当需要制造舆论和声势的时候，他们就是最好不过的吹鼓手。而且，柤提图斯·李维针对安条克和埃托利亚人的事例曾经指出过“对双方分别说谎有时会有更大效果”。比如一个人斡旋在两个君主之间，意图引诱他们联合起来与第三方交战，那么他就要向这两位君主大肆吹嘘敌方的兵力。在两个互不知底细的人之间进行交涉，他会对双方都夸大自己对另一方的影响，结果自然是左右逢源，提高了自己的声望。这样做的结果往往是无中生有，因为谎言足以产生舆论继而产生力量。

军队将士不可以没有虚荣心。这就像剑与剑可以互相磨砺一样。虚荣心可以让将士彼此激励勇气。在那些要付出相当代价和承担巨大风险的伟大事业中，为了使事业有声有色，可以吸收一些好大喜功的人，而那些天性老实稳重的人，则更像是一艘大船上的压舱物，而不是风帆。至于学者的名望，如果没有炫耀的羽毛让他得以在天空飞翔，它也就难以名扬天下。“写作《漠视名望》一类著作的人是不会反对把自己的大名印在扉页之上的。”

古代的贤哲如苏格拉底、亚里士多德、盖伦等人，也无一不是喜欢夸耀的人。虚荣心是人生事业的推动力之一，以德行作为沽名手段的人比注重德行本身的人更能获得荣誉。西塞罗、塞内加、小普利尼的名声多多少少都和他们的虚荣心有关，正因如此，他们的努力才会持久不懈。虚荣心就像油漆一样，它不仅可以使物体显得漂亮华丽而且能使物体本身得以长久保存。

我在这里讨论的虚荣，并不是塔西佗认为的缪西阿努斯的那种性格：“他拥有一种能够使他所有言行均得到有力展现的能力。”像这样的性格，并非出自于虚荣，而是由于天生的高尚和谨慎，而且，这种特性在有些人的身上不仅是适宜的，而且也是得体的。因为道歉、让步以及适度的谦虚本身，都只不过是炫耀时所用的技巧而已。而在这些技巧当中，最出色的就是小普林尼所说，在你所擅长的某个方面，慷慨地赞扬别人所取得的成就。

对于喜欢自吹自擂的人，聪明的人会轻蔑他们，愚蠢的人会羡慕他们，而谄媚者则把他当成偶像，同时，他们也是受虚荣心所支配的奴隶。

论荣誉

荣誉的获得会使个人的美德和价值更加昭然于天下，而不会使它们遭到毁损。

有些人醉心功名，公众把他们挂在嘴边，但却很少发自内心地崇敬。而另一类人在展示他的美德时总是会有所顾忌和掩盖，所以舆论往往会低估他们的价值。

如果有人能够完成一项事业，是前人从未尝试过，或者尝试过但没有成功，或是成功了却不很圆满，那与完成一项虽然艰巨而高尚，但此前已经有人圆满完成过了的事业相比，前者理所当然地应该获得更高的荣誉。如果有人做事讲求中庸，结果他的某项折中的举动使各个党派、政派、教派或者学派都感到满意并可以接受，那么为他唱出的赞歌就会更加圆润。如果一个人并不珍惜自己的名声，那么失败对他的损害将远远大于成功给他的荣誉。最为光彩夺目的荣誉是战胜他人，就像经过琢磨而光彩四射的钻石，所以应该全力争取战胜任何有声望的对手，只要可能，就在他们最擅长的方面胜过他们，用对手的弓箭射出比对手更远的箭。

谨言慎行的门客和兢兢业业的家仆能为主人赢得良好的名声

英谚：“仆人眼中无英雄”，也就是“主人的名声出自仆人之口”[①]。嫉妒是荣誉的天敌，所以消除他人对自己的嫉妒就是赢得了荣誉，方法之一就是表明自己所追求的不是名望而是功绩，并把自己的成就归功于上帝和命运，而不要过分归功于自己的聪明才智。

一个君王的荣耀等级，其合理的层次应该这样排列：第一层次是开国创业的君主，如罗穆卢斯、居鲁士、恺撒、奥斯曼一世和伊思迈一世等等；第二层次是创立典章制度的君主，也称“二次开国者”或万世之君，因为他们所创立的法典在他们身后依旧发挥效力，治理国家，如莱克格斯、梭伦、查士丁尼一世、埃德加以及创立《七部法》的明君阿方索九世等等；第三层次是当国家处于危难之际的“患难之君”或救国之君，他们或者结束了内战的艰难困苦，或者领导军民把国家从外族或暴君的奴役下拯救出来，如奥古斯都大帝、韦斯巴芗、奥勒列纳斯、狄奥朵里克、英王亨利七世以及法王亨利四世等；第四层次是“开疆之君”或“卫国之君”，他们或借助辉煌的军事胜利来扩张领土，或者以崇高的自卫斗争击退了侵略者的进犯；最后一个层次，应该是所谓的“民之国父”了，也就是那些勤于政务，治国有方，使他们当政的时代成为太平盛世的君王。

与之相应，臣民的荣誉也是有等级的：第一等级是为国分忧者，他们可以辅佐君主处理重大国事，可称得上是君主的左膀右

①西塞罗《执政官竞选手记》第五章。

臂；第二等级是军事领袖，例如国君的副官，他们在战争中取得胜利，为国君立下了显赫的军功；第三等级是尽职尽责的亲随，他们可以给君主带来慰藉，又不给人民带来麻烦；第四等级是精干的能臣，他们位于君主之下，居高位且又胜任；还有一种荣誉同样可以位列上述几种最伟大的荣誉之中，不过这种荣誉是难得一见的，就是为了国家的利益而英勇捐躯或使自己身处险境，马可·雷古卢斯和德西乌斯父子便是如此。

论司法

每一个司法者首先都应当谨记，他们只有解释和实施法律的权利，而绝不可以制订或修改法律。否则，法律本身就形同虚设了。就这一点来说，罗马天主教会的教训可以借鉴。我们可以想想罗马天主教的僧侣们是怎样假借《圣经》之名，根据自己的需要随意加以解释、杜撰甚至歪曲，而他们只是为了满足私欲！

对于法官来说，机敏也好，自信也罢，都比不上学识更加重要。使徒摩西在《戒律》中说："私迁界石的人必定会受到诅咒。"[①]而那些私自篡改法律的人，他的罪行比私迁界石者有过之而无不及。应该意识到，一次不公正的裁判，所招致的恶果可能会超过十次犯罪。因为犯罪虽然冲撞了法律，但那不过是污染了水流；而不公正的审判，则是破坏了法律本身，如同污染了水源。所以所罗门曾说："如果谁把善恶混淆、是非颠倒，那么他的罪恶就和在水井和泉水中下毒如出一辙。"[②]下面我们来分别讨论一下诉讼、律师、警吏以及君主和国家与司法的关系问题。

第一，关于诉讼当事人。"有人把审判变成了苦难"是《圣

①《旧约·申命记》第二十七章十七节。

②《旧约·箴言》第二十五章二十六节。

经》里的名言。不仅如此，想必还有人会把审判变成变质的陈醋，偏私袒护会使审判变成苦难，而拖延耽搁则会使审判变酸。法官的主要职责是对暴行和诈骗加以惩治，因为张狂的暴行可以置人于死地，诡秘的诈骗可以谋财害命。至于那些只为争家长里短的琐事而打起来的官司，法官们应该将其视为妨碍公务而不予受理。为了可以做出公正的判决，法官首先应该替自己铺平道路，就像上帝可以削下山峰、填满沟壑、铺平大道那样。当遇到一方当事人栽赃诬告、专横跋扈、施计要奸、合谋串供，并有强势的靠山和强悍的律师可以依仗的时候，法官的高尚德行就在于削山峰填谷地，把控辩双方平等地摆在一起，使自己做出公正的判决。要知道拧鼻子可能会拧出鲜血，而榨葡萄如果用力过猛，榨出的果汁就会有苦涩的葡萄核味道。因此，法官务必要小心，千万不可穿凿附会地解释法律，推理论断也不能勉强，因为这世上危害最大的曲解就是对法律的曲解。

尤其是在解释刑法时，法官应该更加当心，刑法旨在以儆效尤，不要把它变成可以滥施的苛刑，别在人民的头顶上铺开《圣经》中说的那张罗网：因为刑法一旦施行过度，就是把法律之网撒向了民众。对于刑法中那些长期没有援引过的条款，或是不能够符合现实情况的条款，一个明智的法官应当懂得慎重地援用。“既要掌握案情本身，又要了解案件背景，这才是一名法官的应尽之责”。[①]因此在审理人命案时，法官量刑应以慈悲为怀，以严厉的眼光去看待事情，而用仁慈的目光来看待人。

①奥维德《哀歌》第一卷第一首三十七行。

第二，控方和辩方的律师。审判的一个重要组成部分就是耐心而严肃地听讯。多嘴多舌的法官就像一个没有调好音准的乐器。对法官来说，如果不等时机成熟，就急不可待地询问本该由律师自己主动陈述的事，或者过早地打断证人或律师的陈述，以显示自己的洞察力，又或者是用询问的方法诱供案情，都是失态并且失职的表现。法官在审讯过程中有四项职分：督导双方举证；控制庭审进度，减少重复及无关的陈述；总结、甄选并审核已做陈述的要点；做出裁决或判决。任何超出这些职分的行为都是过分的，其产生的原因或者是为了炫耀，或者是无心听讯，或者是记忆力不够，或者是欠缺稳重而公正的注意力。

令人费解的是，敢想敢说的律师时常可以左右法官，虽然说起来法官是坐在上帝的审判席上，本应该效法上帝，去“阻挡骄傲的人，恩赐给谦卑的人”[①]。然而令人称奇的是，法官居然会偏信一些有名的律师。这样的后果只不过是抬高了这些律师的收费，还会让人们怀疑法院可能在徇私舞弊。当审讯进行顺利、答辩得当的时候，法官有必要对律师表示欣赏和称赞，尤其是对败诉的一方。这样做可以维护该律师在委托人心目中的信誉，同时也可以挫一下对方的锐气。与此相应的，当律师在法庭上油嘴滑舌、丢三落四、举证勉强而又咄咄逼人或强词夺理时，法官就有责任对该律师进行一些必要的斥责，以此维护公众的利益。律师不能与法官争吵，也不能在法官宣判之后继续把自己纠缠在翻案的事情中。但是另一方面，法官也不能以折中的方式来仓促宣判

①《新约 · 雅各书》第四章六节。

结案，也不应当给当事人留下口实，说他的陈述或证据还都没有完全呈现出来。

第三，关于法庭的警吏。法律的神圣性，不仅要由司法者来体现，而且也体现在执法者的身上。《圣经》上讲，“在荆棘丛中觅葡萄是不会有结果的”[①]。同样，法官如果被贪赃枉法的警吏所包围，也绝不可能从这里得到公正的果实。法庭中的警吏有四种人需要提防、绝对不能重用的：包揽诉讼的讼棍、借司法来谋私的法院寄生虫、狡猾的人以及敲诈勒索的人。有人把法院比作灌木丛，当有困难的人像躲避风雨的羊一样钻入其中时，难免会被刮伤皮毛。而如果这几种人充斥于法庭，那么刮伤的恐怕就不仅是皮毛那么简单了。相对而言，如果法官有正直而且富有经验的助手，就是难能可贵了。

第四，关于与君王和政府的关系。古罗马《十二铜表法》的最后一条是每一位法官都应该首先记住的：人民的幸福就是最高的法律。法官们也应该懂得，法律应该以保障人民的幸福作为目标，否则会成为刁难人的陋规，是没有得到神灵启示的无效神谕。因此国家的君王和政府需要经常与司法者协商，而司法者也应该经常和君王和政府商量，这才是国家的一大幸事，前一种协商出现在司法有碍于政务的时候，而后一种协商则相反，往往是在政府的某种考虑有碍于实施法律的时候。

尽管也许只是归属权引起诉讼的争端，但争端的起源及后果却可能关系到国家的核心问题。我所说的核心问题不仅指君权，

①《新约·马太福音》第七章十六节。

而且包括任何有可能导致发生重大变故、产生危险的事件，或对大部分国民都有明显影响的问题。任何人都不可掉以轻心，公正的法律和合理的国策就像精神和肉体、思想和行动，应该协调一致。

所罗门王的宝座两边有雄狮护卫。法官们应该记住，他们就是雄狮，作为王座下的雄狮，必须时时刻刻都谨慎行事，不要约束或妨碍君王行使权力。此外法官们不能对自己的授权缺乏了解，他们所担负的主要职责就是明智地运用和实施法律。

圣保罗在谈到一部伟大的法律时说："我们都知道律法是天经地义的，但关键是司法者要依法行事。"①

①《新约·提摩太前书》第一章八节。

论愤怒

想要彻底消灭愤怒的情绪，那只不过是古希腊斯多葛派学者们的狂妄。对此，我们有更好的神谕："你们如果发脾气，千万不要因为这脾气而犯罪，也不可为此生一整天的气。"①

必须把愤怒在程度上和时间上都有所限制。我们首先谈谈怎样使愤怒的冲动变得缓和与平静；其次再来讨论，怎样抑制愤怒的行动，或者至少是让它受到克制，而不至于惹祸；第三，我们将谈到，怎样激怒别人或者让人息怒。

针对发怒的后果及其对正常生活的破坏，认真反思和省察是缓和愤怒唯一可行的方法。这么做的最佳时机，就是在怒气完全平息之后。塞内加说得好："怒气就像坍塌的建筑，倒在地上把自己摔得七零八落。"②《圣经》教导我们"要保全灵魂，就必须常存忍耐"③。无论是谁，失去了忍耐，就会丢掉了灵魂。就像蜜蜂一样，"在蜇人的伤口上牺牲掉自己的生命。"④

愤怒的确是一种令人生厌的情绪，因为老弱病残和妇幼最容易受到它的摆布，而它又偏偏爱出现在这些最为脆弱的人身上。

---

①《新约·以弗所书》第四章二十六节。

② 塞内加《论愤怒》第一章一节。

③《新约·路加福音》第二十一章十九节。

④ 维吉尔《农事诗》第四卷二百三十八行。

但是，万一免不了要生气时，千万不要焦躁，而宁肯带点自我嘲弄的口吻，这样可使自己所受的伤害小一些。这一点做起来并不难，只要将上述的方法当作行动准则就可以了。

关于第二点，有三种人最容易发怒：第一种是过于敏感的人，他们的神经太脆弱，一点小事就足以惹火他们；其次是认为自己受到蔑视的人，被人蔑视最容易激起愤怒，其效果远胜于其他的伤害；最后是那种认为名誉被损害的人，同样容易被激怒。要防止这种情况的发生，就需要给自己多一点信心，就像高德瓦西班牙著名将军，一生战功卓著。所说："人的荣誉之网应当用粗的绳索来编织。"这样他人才不能轻易摧毁。

最有效的制怒方法就是在受到伤害后等待时机、克制和忍耐，把复仇的希望寄托在将来。

有两点在愤怒时千万要注意：第一是不可以恶语伤人，这不同于一般对世情不满而发的牢骚，而会种下怨毒的种子；第二是不可因为愤怒而情不自禁泄露他人的隐秘，这会失去他人的信任。总之，无论在情绪上如何愤怒，在行动上一定要避免造成无法挽回的后果。

要是故意诱使一个人动怒，首先就要选择好时机，通常要在对方心情最糟、最容易发火时激怒他们，另外再用你所能使用的一切手段来加重对方受辱的感觉。而让一个人息怒的办法正好相反，也就是说，如果要向某人讲述某件可能会令他生气的事情，一定要选在他心情好的时候开口。另外还要尽可能地使他觉得他受到的伤害中没有任何轻蔑的成分，或把那伤害归结于误解、恐惧、激动或任何能够推托的其他理由。

论变迁

所罗门说："世界上没有新的事物，所有的新事都不过是失忆的往事。"[1]柏拉图也有一句类似的格言："所有的知识都只不过是回忆。"[2]由此可见，勒忒河[3]不但在地府里流淌，也在人世间流淌。有一位隐姓埋名的占星术士[4]也曾总结说："只有两件事永恒不变：一是恒星之间永远保持着确定的距离，它们永不靠近，也永不远离；二是它们总是遵循一定的规律运转，否则事物就没有存在的一瞬。"

地上的万物不断变化，新陈代谢，永不停歇，但最终无不会被一张大网席卷而去。这张大网，就是地震与洪水。至于火灾与旱灾，似乎并不能将人类完全毁灭。太阳神之子驾车狂奔，也不过只跑了一天；伊利亚时代的大旱也不过只有三年；至于西印度群岛上神秘的天火，燃烧的范围毕竟也是有限的。但是，一场巨大的洪水与地震，却可以彻底毁灭一切。如果我们仔细研究西印

①《旧约·传道书》第一章九节。

②柏拉图《对话集·裴多篇》。

③勒忒河是希腊神话中冥国之忘川，入冥国之鬼魂饮一口忘川水就会忘却人间世事。

④意大利哲学家泰来西奥，著有《物性论》。

度群岛[1]的历史，就会发现这段记载历史似乎还很短。很可能他们就是某场地震或洪水的幸存者。

曾经有一位埃及僧人告诉梭伦：“大西洋中曾经有一个巨大的海岛在一次地震后被海水吞没了”[2]，尽管在那个地区地震似乎并不多发。另一方面，美洲的河流水势浩大，旧大陆上的大河与之相比不过是小溪。那里的山峰，例如安第斯山，也比我们的高得多。假如没有这些高山，当地那些居民可能早已被淹没在洪水中无数次了。

有些学者对马基雅维利的看法不以为然。马氏认为往事会被人类遗忘主要是因为宗教相争，诬蔑教皇格列高里一世曾倾尽全力消灭多神教的古迹和传统习俗。但我们认为宗教狂热不会有那么大的作用，也不可能持续很长时间，譬如紧随格列高里之后的教皇萨比尼安就曾经复兴多神教的风俗习惯。

如果世界有足够长的寿命，柏拉图所谓的“大年”或许会发挥一些作用，不过这作用不是使人们死而复生，而是改天换地，使世界万象更新。毫无疑问，彗星对于一般的事物是有作用和影响力的，但世人只是在彗星出现时感到惊异并观察它划过的痕迹，而不大留意它的影响，更不大留意它具体的作用：即出现的是哪种彗星，它的大小、颜色、光线变化以及在天空中的位置、持续时间的长短以及会产生哪些后果。

曾经有这么一件小事，我不想让人们把它遗忘。据说在低地

①指新发现的美洲。

②关于梭伦在埃及的十年游历，希罗多德和普鲁塔克都有记载。

国家，种类和次序相同的年成和气候每过三十五年就要再次出现，例如大冰冻期、大涝期、大旱期、暖冬、凉夏等，而且他们称此现象为最初时期，这是一件我尤其要提及的事情，因为，我也发现会有某些巧合或者相符的地方。

我们再来谈谈人世间的演变。宗教是其中最重要的事。因为宗教是人类灵魂的支配者，唯一真正的宗教必然具有坚如磐石的基础，而其他各种异教则不过是漂浮于时间海洋中的泡沫而已。至于新的宗教需要什么条件才能兴起，我也想在这里谈谈我的看法。

当人们对现有的教义产生分歧时，尤其是主教们及其他宗教领袖的生活腐败、行为不检，或这个时代充满了野蛮和愚昧时，只要有人起来倡导，一种新的宗教就可能建立起来。穆罕默德当年就是这样做的。相应的，假如没有以下两点，就永远不必担心这种情况会发生：一是出现了对权威的蔑视；二是教徒的放纵无忌。

树立一个新的教派可以有三种方式：一是借用神迹和奇迹；二是依靠雄辩而又明智的布道；三是凭借武力。至于以身殉教，我们将它也归入奇迹一类，因为殉教行为似乎超越了人性的力量。同样，至善至美的圣洁生活也可以归为奇迹。无可置疑，要防止宗教分裂和新教的出现，教会必须革除那些陈规陋习，实行温和政策，调和小的争端，放弃血腥迫害，对异教的发起人运用说服和提拔的办法加以争取，而不要用暴力和仇恨的手段激怒。

战争是变化无常的，但主要应该考虑的不外乎三个方面：一是发生战争的地点；二是兵器；三是打仗的战略战术。古代的战争，似乎总是从东向西打，因为作为侵略者的波斯人、亚述人、阿拉伯人、鞑靼人都是东方人。当然也有例外，高卢人是西方人，但据我们所知，他们的侵略只有两次，一次是到加拉西亚，另一次是到罗马。但所谓东方和西方在天上并没有明确对应的坐标，因此，打仗也不可以绝对地说是自东向西或从西至东。不过，南方与北方却是确定的，并且自古以来，南方人入侵北方，是罕见或者没有的，而相反的事例倒是非常多。由此可见，世界的北部是天性好战的区域，这或许是由于星宿的原因，也可能是由于北半球有广阔的大陆。而南方则以海洋面积广大而著称。最显而易见的是，由于北方气候寒冷，那里的人不锻炼依然会身强力壮、血气旺盛。

当一个大国处在分崩离析、风雨飘摇之时，战争肯定会爆发。庞大的帝国在强盛之时，往往都会削弱或取消它们所征服的各民族国家的武装，整个帝国的防御都依靠统一的帝国军队。所以，当帝国开始日渐衰微，帝国大家庭的各民族国家也会随之走向没落，逐渐成为外族人掠夺的对象。罗马帝国衰亡时，情形就是这样。查理大帝之后的查理曼帝国亦是如此，让周围每只鸟都夺得了它一片羽毛。如果西班牙帝国走向分裂，那么它的结局也绝不会例外。几个王国的结盟与合并也同样会导致战争，因为当某个国家变得过于强盛时，它就势必会成为一场泛滥的洪水。这种情形在罗马、土耳其、西班牙和其他帝国的历史上都不断地发生过。

当这个世界上只有极少数未开化民族时，而且，当他们大多数不知道先进的谋生手段因此不愿结婚成家或生儿育女时，这个世界并没有什么人口泛滥的危险。但如果人口众多的民族不断繁衍生息而不做好国计民生的筹划，那么每隔一两代人他们就必然要将一部分人口迁往其他地方。古代北方民族曾经用抽签的办法来决定这种迁徙，也就是根据抽签来决定哪些人可以留下，而哪些人则要背井离乡去自谋生路。相传最初从北方迁徙不列颠的盎格鲁人和撒克逊人即是用抽签的方法从他们的部落中选出的。当一个先前崇尚武力的国家日薄西山时，它也肯定会招来战争，因为这种国家的武备走下坡路时往往会在经济上变得非常富足，所以早就成了别人垂涎已久，一心想吃掉的肥肉，因此它们在军事上的衰微必然会招致其他国家的侵扰。

至于兵器的演变，可以说是没有定论的。它们既有反复又有变迁。印度的奥克斯拉斯城的人早就有了火炮，马其顿人则把火炮称为雷电和妖术[①]。而在中国，火药的使用已经超过两千年，这也是众所周知的。关于兵器的特点及其改进，首先，为了减少危险，射程要足够远，这从火炮和滑膛枪的设计就可以看出来；其次，攻击力要大，也就是说要比所有攻城的武器和古代发明都更加有效；再次，使用起来要方便，不管在任何天气情况下都可以正常使用，而且要重量轻便，方便搬运。

说到战略战术的变迁，起初人们主要是靠兵力与勇气，完全依赖人数作为制胜的关键，并且，交战的地点和时间是他们事先

①关于印度人使用火炮一说并无正典记载。

约定好，决战在公平的情况下进行。那时人们还认识不到排兵布阵的重要性。后来，兵不在多而贵在精的道理才被人们慢慢认识，知道抢占有利的地形、设计诱敌一类的计谋，并且在兵力部署上也更加熟练。

对于一个刚刚建立的国家来说，军备往往是最受重视的；而在一个已经成熟的国家，最受重视的是学术。随之而来的，通常是一个军备和学术二者共同发展的时代，等到这个文武昌明的时代积累到一定程度，工商业便会随之兴盛起来。学术也从处于萌芽稚嫩的童年时代，步入到一个茁壮成长、意气风发的少年时代，然后就到了精力旺盛、厚积薄发的壮年时代，当然最终会走向枯竭萎缩的老年时代。然而，世道沧桑是一个轮回，盯着它看太久，除了会使人头晕眼花，又有什么好处呢？至于传说中轮回的运行原理，那不过是一个神话套着另一个神话的循环罢了。